GULLIVER

1252

W0236031

Luca Bloom wurde 1975 geboren, studierte Germanistik, Geschichte und Philosophie und hatte während des Studiums unzählige Nebenjobs. Seit acht Jahren unterrichtet Luca Bloom an einem Gymnasium in der Nähe von Hannover. Bloom lebt heute in Hannover, liest leidenschaftlich gerne, spielt Schlagzeug und ist bei Ska- und Punkkonzerten ebenso anzutreffen wie im Kino und Theater. Bei Beltz & Gelberg erschien bereits der Roman *Ich, Elias*.

»This is the end, beautiful friend
This is the end, my only friend, the end
Of our elaborate plans, the end
Of everything that stands, the end
No safety or surprise, the end
I'll never look into your eyes
Again«

The Doors, »The End«

Die *Doors* dröhnten aus den Boxen. Ich war gerade auf dem Weg ins Bad, was nicht besonders einfach war, denn das Haus von Celinas Eltern war riesig, mehrere Flure, mehrere Etagen, vor der Tür eine große Terrasse, und wäre es noch nicht dunkel gewesen, dann hätte man das Meer sehen können. Überall im Gang standen Leute, die meisten eine Flasche *Beck's* in der Hand. Manche Mädels tranken Sekt. Ich kannte nur wenige, ein paar waren von meiner Schule. Unter einem Bild mit einem riesigen Pferdekopf hockte ein Mädchen aus meiner Klasse. Sie hieß Karla und unterhielt sich gerade mit einem krassen Typ von unserer Schule, David Mickner. Keine Ahnung, wer den mitgebracht hatte. Celina hatte ihn bestimmt nicht eingeladen. Ich kletterte schnell über Karlas Beine und zwängte mich weiter den Gang entlang.

Ich fragte mich bis zum Badezimmer durch. Endlich. Ich machte die Tür auf, aber da war kein Bad, nur ein Typ, der Timo hieß und gerade mit einem blonden Mädchen auf dem Bett von Celinas Eltern rummachte. »Ey, verpiss dich!«, lallte er und warf ein Kissen in Richtung Tür. Ich murmelte ein »'tschuldigung« und nahm die nächste Tür. Endlich, das Bad. Während ich pinkelte und mir all den Marmor in Ruhe ansah, stellte ich fest, dass es unvorstellbar war, dass *ich* hier war, auf dieser Party, auf Celinas sechzehntem Geburtstag, in einem riesigen Haus auf Sylt. Das verdankte ich meinem Kumpel Ole. Celina hatte schon vor Monaten zu ihrem Geburtstag eingeladen. Als mir Ole damals davon erzählt hatte, dachte ich, ich höre nicht richtig. Celinas Eltern hatten ein großes Haus auf Sylt, und in den Sommerferien würden sie es für zwei Tage räumen, damit Celina in Ruhe ihren Geburtstag feiern konnte. Wer die Bahnfahrkarte bezahlen konnte, war herzlich eingeladen. Wie cool! Zwei Tage auf Sylt mit Übernachtung und Party waren ein verlockendes Angebot. Und ein Exklusivangebot. Ole war mit Celina schon lange befreundet, obwohl sie einen Jahrgang über ihm war. Und voilà: Einladung nach Sylt!

»Ey, Johannes, da kommste natürlich mit!«, hatte Ole

gesagt. Ich war zuletzt vor fünf Jahren auf einer Party gewesen, da war ich mit Jan-Hendrik und vier anderen Jungs kegeln und unsere Eltern holten uns um achtzehn Uhr bei Jan-Hendrik ab, und als ich zu Hause war, kotzte ich den Kartoffelsalat, die Würstchen und die zwölf Negerküsse wieder aus.

Ich hatte damals kein Trauma erlitten oder so, aber Partys und ich – das passte einfach nicht. Ich stand da meistens dumm in der Gegend rum und fühlte mich super unwohl, wenn ich nur wenig Leute kannte. Nee, das war echt nicht meins. Aber Ole ließ sich nicht beirren, schwatzte mir eine Woche Camping dazu, weil er wusste, dass ich aufs Meer abfuhr, und ehe ich mich's versah, saß ich im Zug nach Niebüll.

Und nun wusch ich mir an einem Marmorwaschbecken die Hände. Die Armaturen waren aber nicht aus Gold, oder?!

Ich sah in den Spiegel. Ich war auf einer Party für Sechzehnjährige, aber ich sah immer noch aus wie zwölf. Okay, wie vierzehn. Ich war aber schon fünfzehn. Ich betrachtete meine Nase, die war eigentlich ganz in Ordnung, ein bisschen lang vielleicht und am Ende machte sie so einen leichten Bogen nach oben, eine Stupsnase eben. Bescheuertes Wort. Ich versuchte, meine Haare wieder in Form zu kneten, es gelang mir aber nicht. Ich hatte ständig einen Mittelscheitel, die Haare fielen immer schon so, da konnte ich nichts machen. Da half auch kein Gel und kein Wachs. Vorne waren sie etwas länger und fielen mir in die Augen.

Nur meine Augen, die mochte ich. Die waren dunkelblau, und meine Mutter sagte immer, für meine Wimpern würde sie einen Mord begehen und an einen Jungen wären die echt verschwendet.

Ich zog meine Jeans ein Stück hoch und stopfte hinten die Boxershorts wieder rein. Okay, ging so. Was sollte ich auch machen.

Ich zog die Badezimmertür hinter mir zu. In diesem Moment hörte ich nebenan ein Mädchen hysterisch »Timo, Timo!« rufen. Ich grinste. Die hatte Spaß. Das Geschrei ging weiter, und wenn man genau hinhörte, klang es gar nicht nach Vergnügen, sondern irgendwie schrill. Und nach Panik.

Nun muss man wissen, dass ich echt nicht der Superschisser bin, aber prinzipiell halte ich mich gerne aus allem raus. Ich bin nicht der Typ, der das coole Mädchen auf der Party anquatscht; ich bin der, der sie so hübsch findet, dass er sie erst mal ewig anstarrt. Meistens so lange, bis ein Typ, der mutiger ist als ich, sie anquatscht und die beiden dann lachend abziehen. Und ich mir im Geiste eine reinhaue. Ich beobachte gerne; schnelle Entscheidungen sind nicht mein Ding.

Aber Scheiße, da waren nur ein langer Flur, diese Mädchenstimme, ein Timo, der anscheinend nichts mehr sagte, und ich. Ich hatte wohl keine Wahl und steckte – nun schon zum zweiten Mal an diesem Abend – den Kopf durch die Tür.

»Hey, ist alles okay bei euch?«, fragte ich und sah im

selben Moment, dass gar nichts in Ordnung war. Der Typ, den ich erst seit drei Stunden kannte, lag auf dem Bett und rührte sich nicht. Das Mädchen kniete neben ihm und da lag noch irgendwas Braunes auf dem Bett. O nein, das war doch nicht Kotze, oder?!

»Der atmet nicht!«, schrie mir die Blondine entgegen und starrte mich mit großen, glasigen Augen an.

Ich wollte mich immer schon mal für einen Erste-Hilfe-Kurs anmelden, hatte es aber bisher nicht gemacht. Stattdessen hatte ich angefangen, Gitarrenunterricht zu nehmen.

Leider wurden D-Akkorde und »House of the Rising Sun« gerade nicht gebraucht. So langsam kam mir der Gedanke, dass hier echt Hilfe gebraucht wurde. Ich fühlte Panik in mir aufsteigen.

Die Blondine schrie mich an: »Nun tu doch was!«

Und ich, ich tat was. Das, was ich neulich im *Tatort* gesehen hatte. Ich holte den Typ vom Bett und legte ihn auf dem Boden in die stabile Seitenlage. Oder in das, was ich dafür hielt. Ich machte seinen Mund auf. Scheiße, das war echt Kotze. Ich überwand meinen Ekel und räumte dem Typ den Mund aus, während ich versuchte, den Gestank nach Wodka und Erbrochenem zu ignorieren. Ich drehte mich zu der Blondine um und schrie sie an, sie solle endlich einen Notarzt rufen. Aber die war wie in Trance und rührte sich nicht. Ich schrie noch mal. Keine Reaktion. Ich ließ den Typ kurz alleine, ging zu ihr, rüttelte sie und brüllte: »Ruf den Notarzt an!« Und endlich verschwand sie aus dem Zimmer. Hatte wohl ihr Handy nicht dabei. Ich versuchte, Timo wach zu kriegen, aber der rührte sich nicht und ich fühlte keinen Atem. Aber Puls war noch da, oder? Mir wurde schlecht. Kurze Zeit später hörte ich die Sirene.

Inzwischen war die Musik aus, zig Leute standen im Türrahmen, keiner half mir. Und ich wusste einfach nicht, was zu tun war. Also achtete ich nur darauf, dass der Typ so liegen blieb. Gerenne im Flur. Der Arzt schubste mich weg, stellte seine Tasche ab, beugte sich über Timo und rief immer wieder: »Kannst du mich hören?« Als die Sanitäter mit der Herzdruckmassage anfingen, lehnte ich zitternd an der Wand.

Wenig später hängten die ihn an einen Tropf und trugen ihn im Eiltempo an mir vorbei. Keine Ahnung, wie lange ich da so saß. Meine Beine hörten einfach nicht auf zu zittern. Waren das überhaupt meine Beine?

Irgendwann hörte ich Oles Stimme neben mir. »Johannes?«

Ich drehte den Kopf zu ihm. Er saß neben mir und sah mich besorgt an. »Johannes, komm, wir gehen jetzt zum Zelt, wir können hier nichts mehr machen.«

Ich ließ mich von Ole durchs Wohnzimmer führen, da standen noch ein paar Leute in Grüppchen und unterhielten sich. Als wir reinkamen, starrten mich alle an. Ich suchte die Blondine, fand sie aber nicht. Ob sie Timos Freundin war? Ole schob mich durch die Haustür und drückte mir im Gehen meine Jacke in die Hand. Wir gingen durch den Garten nach hinten zu unserem Zelt. Ganz entfernt am Horizont dämmerte es schon.

»Ole?« War das meine Stimme?

»Ja?«, antwortete Ole.

»Der Typ hat nicht mehr geatmet. Da war überall Kotze.«

»Ja, ich weiß, keine Ahnung, was der schon vorher getrunken hatte, aber in der Küche hat der eben noch ʼne Flasche Wodka geext.«

»Ich wusste nicht, was ich machen sollte. Wenn der jetzt stirbt …«

Und ich wollte es nicht. Aber vorm Zelt angekommen, stand ich da, noch immer meine Jacke in der Hand und heulte los. Und ich konnte einfach nicht aufhören.

Ole nahm mich kurz in den Arm und sagte dann: »So, und nun reiß dich mal zusammen, so schnell stirbt man nicht.«

Wir krabbelten auf allen vieren in unser Iglu-Zelt. Kurze Zeit später lagen wir auf den Isomatten, und obwohl der Abend so krass gewesen war, schlief ich sofort ein.

Am nächsten Morgen wachte ich auf, weil irgendjemand mich schubste.

»Hey, Johannes, wach auf.«

»Hm …« Ich drehte mich noch mal um.

»Johannes, nun wach schon auf.« Oles Stimme, jetzt lauter und aufgeregt. Mein persönlicher Wecker. Und ich zog mich aus der Traumwelt zurück ins Wachsein, setzte mich hin und schielte Ole durch meine Haare an. »Was'n los?«

Die Sonne schien durch den Zelteingang, ich konnte das Haus sehen. Vor dem Haus stand ein Polizeiwagen. Ich sah wieder zu Ole. Der sah mich ernst an. Und ich war sofort hellwach.

»Er wird durchkommen«, sagte er nur.

Den ganzen Morgen waren Polizisten da, die mich zig-mal befragten. Vermutlich würden Celinas Eltern nun richtig Ärger bekommen, wegen Verletzung der Aufsichtspflicht oder so. Ich erfuhr, dass Timo genauso alt war wie ich und mit 3,1 Promille in die Notaufnahme in Westerland eingeliefert worden war. Vielleicht wäre er ohne mich gestorben, vielleicht auch nicht. Ich fühlte mich nicht als Held. Aber da waren Leute, dir mir auf die Schultern klopften und sagten: »Toll hast du das gemacht!« oder »Du hast alles richtig gemacht, gut reagiert!« Totaler Schwachsinn. Ich konnte keine Erste Hilfe, Timo hatte Glück gehabt. Fertig. Immer wieder sprachen mich Leute an, die ich gar nicht kannte, und wollten von mir wissen, wie das alles denn so gewesen war. Sensationsgier in den Augen. »Nun erzähl mal!«

Wie eine schlechte Serie auf RTL, mit mir in der Hauptrolle. Ich wollte nur weg.

Irgendwann holten meine Eltern mich und Ole mit dem Auto von Sylt ab. Ich kann mich gar nicht mehr an die Rückfahrt erinnern, ich weiß nur noch, dass wir unsere Sachen packten und noch mal ins Haus mussten, weil da CDs von uns lagen. Und erst viel später erinnerte ich mich noch an etwas anderes …

Als ich hinkam, standen Celinas Eltern gerade fassungslos im Wohnzimmer, der Teppich war hinüber und eine Scheibe war kaputt. An die Tapete hatte jemand mit knallrotem Lippenstift »Fuck you« geschrieben, überall lagen Flaschen, Kippen, dazwischen Klamotten, CDs ohne Hülle, Gläser. Brandlöcher auf dem Sofa, Kissen auf dem Fußboden. Ich schob mich schnell an den beiden vorbei und holte meine CDs aus dem Korb neben der Anlage. Beim Rausgehen rannte ich schon fast und murmelte nur »'tschuldigung«. In der Terrassentür wäre ich fast in einen Jungen reingelaufen, der plötzlich im Eingang stand. Die Sonne blendete mich und ich konnte sein Gesicht zunächst nicht erkennen. Vermutlich hatte der am Abend zuvor auch etwas vergessen. Celinas Eltern starrten noch immer auf das, was einmal ihr Wohnzimmer gewesen war. Celinas Mutter weinte und der Vater sagte: »Das ist … o Gott … das ist …«

Und von der Terrassentür kam die Stimme von David Mickner: »Das ist ein Schlachtfeld.«

DIE MUSTERUNG

Unsere Schule war das einzige Gymnasium in einem Umkreis von dreißig Kilometern. Es war in den 70er-Jahren gebaut worden. Der Landkreis hatte damals beschlossen, dass die Gemeinde ein eigenes Gymnasium bekommen sollte. Bis dahin waren die Schüler immer nach Hildesheim oder nach Hannover gefahren. In den 70er-Jahren war es eine Schule, die Akzente setzte, nach neuen Maßstäben gebaut: offene Flure, hohe Fenster, ein Flachdach, sogar zwei Turnhallen, einen Kraftraum und ein kleines Schwimmbad gab es im Keller. Das Ganze war riesig, mehrere flache Gebäude, ein Haupteingang, da hielten die Busse, und ein Hintereingang am Lehrerparkplatz. Auch die Schüler mit den Rädern kamen von dort, da war der Fahrradparkplatz. Vor dem Haupteingang wuselte es morgens um kurz vor acht wie in einem Ameisenhaufen.

Auch an diesem Morgen nach den Sommerferien, eine Woche nach der Party auf Sylt, saßen die Schüler vor dem Eingang auf der Treppe, lehnten an der Wand rechts von der Tür und rauchten. Ständig kamen neue hinzu. Wortfetzen flogen durch die Luft. »Ey, du Nigger, haste mal 'ne Kippe?!«

»Alter, guck mal, was die alte Fotze da hinten heute an-
hat!«

»Hey, Mann, haste Mathe gemacht? Kann ich abschreiben?«

Dazwischen immer wieder Gelächter. Und eine Stimme,
die sich von dem Klangteppich der Begrüßungen abhob.

Micks Stimme. Eigentlich hieß er David Mickner, aber
niemand wagte es, ihn mit dem nach Vertrauen klingen-
den Vornamen anzusprechen. Außer den Lehrern natürlich, aber die zählten nicht, für Mick schon gar nicht.

»Guck mal, ist das nicht der Asi aus der Siebten?« Mick
drehte sein markantes Gesicht, eine kleine Narbe über
dem rechten Auge und eine Kippe im rechten Mundwinkel, einem Jungen zu, der gerade aus einem roten Ford
Transit stieg. Der hatte nicht verhindern können, dass seine Mutter ihn vor ca. achtzig Schüleraugen auf die Wange küsste. Im Auto hinten saß ein kleines bezopftes Mädchen mit Zahnspange und winkte ihm zu. Langsam ging
er auf den Eingang zu. Den Blick hielt er konzentriert auf
seine billigen Turnschuhe gerichtet. Mick stellte sich ihm
plötzlich in den Weg. »Na, mein Hübscher, wo soll's denn
hingehen?«

»In d… d… den U… U… Unterricht«, stotterte der
Junge.

»In den U… U… Unterricht! Was für 'ne Überraschung. Ach ss… ss… so, na dann wollen w… w… wir
dich mal nicht a… a… aufhalten, was?«, äffte Mick ihn
nach.

Er ließ ihn durch, die Zähne zu einem Lächeln gefletscht, der stotternde Junge atmete hörbar auf, und Micks Hand flog blitzschnell nach vorne, der Hockeyschläger, den er in der Hand hielt, verfing sich wie eine Angel im Hosenbein des Jungen. Der Sturz war sicher nicht schmerzhaft gewesen, aber er kam überraschend. Für den Jungen. Langsam rappelte er sich wieder auf.

»Das ist g… g… g… gemein!«, stieß der verschüchterte Siebtklässler hervor. Mick und sein Kumpel Simon klatschten ab. Simon spuckte aus und sagte mit übertrieben weiblicher Stimme: »Du bist sooo gemein.« Sein Lachen klang viel zu hoch.

»Und wie recht er hat, der kleine Wichser«, flüsterte Mick, hob seinen Hockeyschläger und legte ihn an wie ein Gewehr; er zielte in Richtung des stotternden Jungen. »Peng«, machte Mick und ließ den Schläger wieder sinken. Der unscheinbare Junge aus Micks Klasse, der zufällig hinter ihm stand, bekam plötzlich eine Gänsehaut und konnte sich nicht erklären, warum. Dieser Junge war ich.

KASERNE

Jede Schule hat einen eigenen Geruch. Daher ist es schon seltsam, dass sich noch keine Putzfrau bei *Wetten, dass..?* gemeldet hat, um zu versprechen: »Ich kann von fünfzig Schulen jede an ihrem Putzlappen erriechen.« Der Thommi wäre begeistert, die Putzfraukandidatin bekäme eine lustige Brille auf, und 10,4 Millionen Zuschauer auf dem Cordsofa zu Hause würden finden, dass das doch mal 'ne »dufte Wette« sei, und ganz feste die Daumen drücken. Kam aber keiner auf die Idee. Wäre ja vielleicht auch schwierig in der Umsetzung, schließlich riecht eine Schule an unterschiedlichen Stellen unterschiedlich.

So roch die Mädchentoilette prinzipiell schon mal ganz anders als die der Jungen. Bei den Mädchen lag ein Geruch von Deo, Haarspray und Nikotin in der Luft. Ich weiß das, weil ich mal an der geöffneten Tür vorbeigekommen bin. Bei den Jungs roch es nach Pisse. Sorry, ich weiß, dass das eklig ist, aber das kann man einfach nicht anders sagen. Wenn man Glück hatte, roch es auch nach Kippen. Auf den Lehrertoiletten duftete es bestimmt nach Reinigungsmittel. Aber für die Schüler waren die Lehrertoiletten natürlich absolut tabu. Sperrzone.

Die Gänge in dem endlos langen Gebäude waren noch am geruchsneutralsten. Viele Schüler, viele Außentüren, typische Gerüche konnten sich nicht lange halten. Anders war es in den Klassenräumen, die sich auf die erste und die zweite Etage verteilten. Von endlosen Fluren mit grauem Filzteppichboden gingen unzählige Räume ab, alle nach dem gleichen Muster: Tafel, Pult, Zweiertische, meist in U-Form, auch hier der gammlige Teppich, Fenster, die nur die Lehrer öffnen konnten, weil nur sie einen Schlüssel hatten. Vielleicht hatte man die Sorge, ein unglücklicher Schüler könne sonst versuchen, seinem Leid mit der schweren Mathearbeit ein Ende zu bereiten. Die geschlossenen Fenster sorgten dafür, dass Gerüche ganzer Klassen manchmal für mehrere Tage konserviert wurden. Ich musste da an die Staatssicherheit in der DDR denken, die hatte doch Gerüche von Leuten, die gegen das Regime waren, in kleinen Marmeladengläsern konserviert. Das habe ich mal in Berlin in einem Museum gesehen, krasse Sache.

In einige Räume ging man gerne, sie rochen nach Schülern, die in diesem Schuljahr aus Lehrermangel keinen Sportunterricht hatten, und von denen niemand drei Wochen lang eine Banane im Rucksack spazieren trug.

Andere Räume waren der Horror. Das sah man schon daran, dass der Lehrkörper noch einmal tief einatmete, bevor er die Tür hinter sich schloss, sodass es aussah, als müsste er die nächsten fünfundvierzig Minuten die Luft anhalten. Oftmals hätte er sich wohl gewünscht, er könnte. Dabei lag das stinkende Problem meist nur an einer Stelle begraben: Ein Schüler, der nicht duschte und das Deo noch nicht für sich entdeckt hatte. Und an manchen Tagen sah ich einen Lehrer durch den Klassenraum tigern, um herauszufinden, woher der Gestank kam. Schließlich wollte er den Müffler ja bestimmt dezent auf seinen etwas unangenehmen Geruch hinweisen, möglichst so, dass es kein Mitschüler oder – Gott bewahre – keine Mitschülerin mitbekam.

Aber es gab natürlich auch solche Lehrer wie Herrn Zinn. Der kam rein, holte Luft und sagte: »Sven, bist du das, der so stinkt?« Svens Eltern hatten einen Bauernhof. Und Sven kein Selbstbewusstsein. Nach diesem Satz wurde es nicht besser.

Ein anderer Satz von Herrn Zinn könnte bei dieser Gelegenheit auch sein: »Hier stinkt es wie im Schweinestall! Na, ist ja auch klar, was?! Der Sven ist ja da.« Das Gelächter war meist einseitig, viele sahen betreten auf ihren Tisch oder guckten aus dem Fenster – und schwiegen.

HERR ZINN

Eigentlich konnte niemand Herrn Zinn riechen. Und das lag nicht nur daran, dass er sich aus dem Urlaub in Thailand immer billige Duftwässerchen mitbrachte, die er auf einem Markt gekauft hatte, auf dem nicht nur gefälschte Uhren und kranke Singvögel, sondern auch minderjährige Mädchen zum Kauf angeboten wurden.

Herr Zinn war ein Arschloch. Er war ungefähr fünfzig, unterrichtete Latein, Sport und Geschichte. Niemand konnte sich vorstellen, wie Zinn als junger Mann gewesen war, aber alle waren sich sicher, dass der bestimmt immer schon ein fauler Sack gewesen sein musste. Wenn man Herrn Zinn beschreiben wollte, dann war das sehr einfach. Er unterrichtete Sport, aber er trieb kaum Sport, der Bierbauch hatte sich in den letzten zehn Jahren langsam, aber sicher über den Gürtel hinausbewegt, die blaue Brille war meist vorne auf der Nase, nur zum Lesen versteht sich, denn trotz seines Bierbauches war Herr Zinn doch sehr eitel. Die Hemden in Weiß waren früher mal ordentlich gebügelt gewesen, der Kragen gestärkt, die grauen Haare akkurat geschnitten, noch immer voll, etwas länger, die Fingernägel top gefeilt. In den letzten Jahren war sein Aufzug ein wenig nachlässiger geworden, nicht mehr ganz so geschniegelt, was wohl vor allem damit zusammenhing, dass seine Frau ihn verlassen hatte.

Ganz, ganz selten hatte Herr Zinn seinen silbernen Aktenkoffer mit Schnappschloss dabei. An diesen wenigen Tagen stellte er ihn auf sein Lehrerpult und klappte ihn so auf, dass jeder in der Klasse den Aufkleber in blauer Neonfarbe bewundern konnte: »Ich bin eiskalt.« DAS war Herr Zinn.

Seinen Beruf schätzte er bestimmt sehr, besonders wegen der Ferien und der Möglichkeit, ab und zu schon um vierzehn Uhr auf dem Golfplatz zu stehen oder auf seiner Terrasse zu sitzen. Ging er in den Unterricht, schleppte seine Kollegin Frau Hasekamp-Schlürer einen ganzen Koffer neben ihm die Treppe hoch, meist noch links auf der Schulter 'ne Jutetasche mit Klassenarbeiten, unter dem anderen Arm den Historischen Weltatlas in unhandlichem Format, der in keine Tasche passte. Herr Zinn jedoch hatte meist bloß das Geschichtsbuch in der Hand. Manchmal nicht mal das. Wozu auch: »Die faulen Säcke raffen es ja eh nicht.« Tja, das genau war der Haken an Herrn Zinns Beruf: die Schüler. Und dann gab es in seinem Weltbild auch noch so »Gehirnamputierte«, die tatsächlich Unterricht machen wollten!

Die Schüler in den unteren Klassen hatten Angst vor Herrn Zinn, denn der schmiss auch gerne mal mit seinem Schlüsselbund, wenn es ihm zu laut war. Das war nicht ungefährlich, denn Herr Zinn war – seinen ausschweifenden Erzählungen zufolge – in seiner Jugend ein guter Basketballer gewesen. Der traf.

Die älteren Schüler nahmen ihn einfach nicht ernst. »Was, bei dem Zinn haste Latein? Und was machste in der Doppelstunde heute? Ach, Scheiße, Hausaufgaben in Mathe haste auch schon fertig ... Willste mein Kartenspiel leihen?«

Und ich? Ich weiß gar nicht mehr, was ich anfangs über ihn dachte. Vermutlich, dass er ein guter Lehrer hätte sein können, aber dass er menschlich einfach ein Arschloch war? Ja, so in etwa dachte ich wohl über Zinn.

Herrn Zinn war es auch »scheißegal«, ob einer was bei ihm für sein späteres Leben lernte, wir sollten »einfach die Fresse halten und die Daten lernen«.

Das Problem war nur, dass einer partout nicht »die Fresse halten« wollte – und Geschichtszahlen lernen schon gar nicht. Und da hörte dann bei Herrn Zinn der Spaß auf.

SCHARMÜTZEL

Hinterher wusste keiner mehr, wie das eigentlich angefangen hatte. Ich übrigens auch nicht. Ich hatte auch genug mit mir selbst zu tun. Nicht eine auf die Schnauze zu bekommen, zum Beispiel. Als ich in der 5. Klasse war, hatte ich leider einmal nicht rechtzeitig abhauen können. »Ey, da ist Johannes, der kleine Wichser, na, hat deine Mami dir wieder ein leckeres Vollkornbrot geschmiert? Komm her, du Spast, wir polieren dir nur schnell die Schnauze.« Ich schwor mir damals, das würde mir nie wieder passieren. Der Schlag war nicht so schlimm gewesen, viel schlimmer war, dass alle zuguckten und ich am Boden saß und weinte. Niemals wieder habe ich mich so geschämt. Ich habe danach auch nie wieder geheult. Nur auf Sylt, aber da war es mir auch kein Stück peinlich. Schließlich hatte ich da allen Grund gehabt. Nee, das war ganz was anderes. Aber in der 5. Klasse hatte ich wegen der Demütigung geweint und mit der Heulerei alles noch schlimmer gemacht.

Es gab andere, die mussten fast jede Woche einstecken. Und nicht nur Schläge mit der Faust ins Gesicht oder in den Magen. Noch schlimmer waren die kleinen Demütigungen des Schulalltags. Unterricht. Gruppenarbeit. Pädagogenscheiße. Liebe Lehrer und Lehrerinnen dieser Welt, ist euch schon mal aufgefallen, dass IMMER einer dabei ist, den keiner will? Dieser eine war bei uns bis zur 7. Klasse meist Benjamin, der eine Brille aufhatte, die so dick war wie Panzerglas. »Bei wem kann denn der Benjamin noch in die Gruppe?«

Betretenes Schweigen, Blicke an die Decke. Keine Meldung. Das waren die guten Tage für Benjamin.

Die schlechten Tage waren die mit Sätzen wie: »Niemand will den haben!« oder »Nee, der geht auf KEINEN FALL in unsere Gruppe. Boah, das können Sie echt nicht bringen!«

Vom Lehrerpult bittende oder strafende Blicke, je nachdem, und manchmal eine Zuteilung: »Benjamin, dann gehst du jetzt in die Gruppe von Christian. Christian, da musst du jetzt auch gar nicht so genervt gucken, der Benjamin ist ein netter Junge, mit dem kann man sehr wohl zusammenarbeiten.« Und damit schickten sie ihn direkt hinter die Linien des Feindes. Da wurden die Lehrer zu Helfershelfern – und merkten es nicht mal.

Und es dauerte lange, bis ich begriffen hatte, woran es lag, dass gerade dieser Typ der arme Hund war, dessen Federmäppchen im Abfallkorb landete, dessen Mütze aus dem Fenster geworfen wurde, auf dessen Brot gespuckt wurde. Dabei war die Antwort so einfach gewesen: Es war NICHTS. Er hatte keine abstehenden Ohren, keinen Sprachfehler, roch nicht aus dem Mund und hatte auch keine Persönlichkeitsstörung. Er hatte eine dicke Brille und war zu einem bestimmten Zeitpunkt das schwächste Glied in der Kette – so einfach war das. Jede Gruppe, jede Gesellschaft braucht Außenseiter. Die gibt es nicht nur in der Schule, auch im Büro, in Werkstätten und Fabriken. Ohne Außenseiter keine Helden, ohne den Loser Benjamin in der letzten Reihe keinen coolen Christian.

Und klar, es hätte auch mich treffen können. Inzwischen war ich auf dem Gymnasium bei uns um die Ecke, während meine besten Freunde Lukas und Ole zur Integrierten Gesamtschule nach Hildesheim fuhren. Ich hätte kotzen können! Die IGS in Hildesheim hatte zu viele Anmeldungen gehabt und mein Name war nicht gelost worden, so einfach war das. Und so scheiße. Okay, ich sah die beiden noch immer fast täglich, weil Lukas und ich zusammen zum Schwimmen gingen und Ole drei Häuser weiter wohnte, aber am Vormittag in der Schule waren sie nun mal nicht da. Da hing ich meist mit ein paar Jungs aus meiner Klasse ab, aber das waren keine Freunde. Die würden sich nicht vor mich stellen, wenn mal wieder einer ankam und sagte: »Johannes, du Spast, jetzt gibt es ein paar aufs Maul!« Meine Mutter meinte, ich würde mich schon »einleben« und »neue Freunde« finden. Tja, was Eltern halt so erzählen, wenn sie nicht wissen, was sie sagen sollen.

Klar, meine Eltern meinten es nur gut. Sie machten sich eben Sorgen, sagten sie. Vielleicht hätten sie sich ein bisschen weniger Sorgen um mich machen sollen und mal gucken, was da eigentlich bei ihnen los war.

Ich hatte Freunde, ich brauchte keine neuen. Freunde wechselt man nicht so wie ein Paar Socken! Ich hatte mit Lukas schon im Kindergarten gespielt, hatte unzählige Male bei ihm übernachtet, gemeinsam mit ihm hatte ich meinen ersten Porno angeguckt, »Wilde Weiber« oder so, und zum ersten Mal gekifft. Lukas war eher ein stiller Typ, nicht schüchtern oder so, sondern einfach jemand, der nicht gerne im Mittelpunkt stand. Da war er mir ein bisschen ähnlich. Dafür war Ole das totale Gegenteil von mir, immer eine große Klappe, sagte immer, was er dachte, und konnte eigentlich jeden zum Lachen bringen. Und er war da, wenn ich ihn brauchte. Einfach so, ohne viele Worte, er war einfach da. So wie damals auf Sylt.

Wenn zu Hause die Fetzen flogen, weil meine Mutter mal wieder rausgefunden hatte, dass mein Vater mit 'ner Kollegin gevögelt hatte, dann schnappte ich mir meine Tasche und flüchtete zu Ole, das Gekreische meiner Mutter im Rücken. Wenn ich bei Ole ankam, dann machte der nur die Tür auf, ich sagte: »Kann ich heute hier pennen?«, und alles war klar. Ole stellte keine dummen Fragen. Der wusste, ich würde schon reden, wenn mir danach war.

Manchmal war Oles Schwester Paula da, die war neunzehn und studierte Slawistik. Sie war das schönste Mädchen, das ich je gesehen hatte. Ich hatte mir immer gewünscht, dass Ole so ein Typ Bruder war, der Nacktfotos von seiner Schwester zum Verkauf anbot. Aber Ole war nicht so ein Bruder, war nicht so ein Mensch, und deshalb musste ich nicht meinen Laptop verpfänden, um Paula einmal nackt zu sehen. Bis heute habe ich sie nicht nackt gesehen. Nur in meiner Fantasie, aber das zählt nicht.

Keine Ahnung, ob Ole bemerkt hatte, dass ich in seine Schwester verknallt war. Wenn es so war, dann ließ er es mich nicht spüren.

Ach, es war einfach blöd, dass Ole am Vormittag nicht da war, aber da musste ich nun durch. Klar, ich verstand mich gut mit Jonathan, der war o. k., aber eben nicht mein Freund, bei dem stand ich nicht nachts um zwölf auf der Matte, der konnte nicht sehen, wie ich mich fühlte, ohne dass ich etwas sagte – das war einfach nicht dasselbe.

Ohne Freunde in der Schule zu sein ist Mist. Ich hatte das Phänomen »Benjamin« lange beobachtet und erkannt, was ich tun konnte, damit es mir nicht so ging, wie es ihm jahrelang gegangen war. Ich setzte mein Wissen in die Tat um. Ich machte mich unsichtbar. Nicht aufzufallen ist eigentlich ganz einfach, wenn man es kann – und ich konnte es. Nicht aufzufallen rettet einem bisweilen das Leben. Kein Scherz.

Und so übersah mich Mick und verdrosch mit seinen Kumpels andere Jungs und schikanierte andere Schüler.

Mick war der unangefochtene Chef im Ring, der heimliche Diktator in unserem kleinen Stadtstaat Schule, er regierte diesen Mikrokosmos mit eiserner Faust. Konkurrenz verabscheute er ebenso wie Opportunismus. Noch mehr verabscheute er Freaks, Weicheier und Streber. Es traf immer mal wieder einen anderen Jungen, aber es traf immer die Außenseiter oder besser gesagt jene, die man zu Außenseitern machte. Ich nehme mich da nicht aus. Ein Augenverdrehen oder Gähnen an der richtigen Stelle zeigte gleich, auf welcher Seite man stand. Wenn ich nicht unsichtbar war, war ich mit dabei, andere an den Rand zu drängen. Seien wir doch ehrlich: Besser die als ich. Ich fühlte mich in Sicherheit, aber ich behielt Mick im Auge. Man konnte ja nie wissen.

Und so blieb mir dann auch nicht verborgen, dass sich da zwischen Mick und dem Zinn irgendwas abspielte – ich wusste nur nicht so recht, was. Und im Nachhinein betrachtet, wussten die beiden das zu dem Zeitpunkt wohl auch nicht.

Ich hatte die große Ehre, mit Mick und einem seiner Wasserträger, Tobias, dieselbe Luft atmen zu dürfen. Wir waren in einer Klasse, erst seit Kurzem, denn Mick und sein Kumpel mussten eine Ehrenrunde drehen, was Herrn Zinn besonders freute, denn damit machte Mick Geschichte bei ihm noch mal und hatte so die Chance, sich beim gleichen Lehrer noch mal 'ne Fünf abzuholen. Vielleicht war er tatsächlich wegen Geschichte hängen geblieben, vielleicht aber auch nicht. Schließlich hatte er auch 'ne Fünf in Physik und angeblich auch in Mathe. Und natürlich eine Stufe fünf in Sozialverhalten, aber das interessierte eh niemanden, Mick am allerwenigsten.

Ich erinnere mich noch gut an den ersten Schultag nach den Sommerferien, kurz nach der Sylt-Party, der Klassenraum war neu gestrichen, apricot, und roch noch nach Farbe. Nach den üblichen Klassengeschäften bei Frau Linge, Stundenplan mit all den üblichen Freuden (Frau Matthes in Sport – cool, den Zinn in Geschichte – Horror!) etc. hatten wir gleich in der dritten Stunde Herrn Zinn. Er kam rein, hatte wie immer keine Tasche dabei, nur einen Stift in der Hand. Er betrat den Klassenraum, schlenderte gemächlich hinter den Stühlen entlang, die in Hufeisenform standen, und musterte jene Gesichter auf der gegenüberliegenden Seite besonders eingehend, die er schon kannte. Bei Mick blieb sein Blick hängen. Ich konnte das gut sehen, denn Mick thronte wie ein König in der Mitte der hinteren Tischseite mit Blick direkt nach vorne. Ich saß auf der rechten Seite und sah nun nach links zu Mick.

Mick erwiderte Zinns Blick und senkte nicht die Augen, wie all die anderen das getan hatten. Ohne mit der Wimper zu zucken, starrte er zurück.

»Na, David, hat dir mein Unterricht letztes Jahr so gut gefallen, dass du ihn gleich noch mal genießen möchtest? Ihr müsst nämlich wissen«, und damit wandte er sich an uns, sein Publikum, »dass unser David hier letztes Jahr zwei so unterirdische Arbeiten geschrieben hat, dass ich schon überlegt hatte, Minuspunkte einzuführen. Um ihn zu trösten, habe ich ihm dann erklärt, dass er für seine spätere Karriere als Kleinkrimineller ja schließlich kein

Abitur bräuchte, aber wie ich sehe, will er es trotzdem noch mal versuchen und beehrt uns mit seiner Anwesenheit.«

Stille. Mick verzog keine Miene, betrachtete nur geduldig den Bleistift in seiner Hand. Herr Zinn wartete auf eine Entgegnung, die nicht kam, und drehte sich schließlich zur Tafel um. Er schrieb sechsundzwanzig Jahreszahlen an und verlangte dann, dass wir die jeweiligen historischen Ereignisse nennen sollten.

Der stille Frank erklärte 333 mit »Issos Keilerei«, hatte aber keinen Schimmer, wer sich da eigentlich mit wem gekeilt hatte, die hübsche Jasmin, die immer einen Tanga trug, bekam 1870/71 und konnte sich sogar noch erinnern, dass da »irgendwas mit Bismarck« gewesen war, ihre Nachbarin half und sie hängte noch ein »Krieg!« dran. Als sie aber auch noch erklären sollte, warum dieser Krieg geführt wurde, war auch bei ihr der Ofen aus; sie rettete sich aber immerhin ganz nett aus der Situation, indem sie sagte, in dem Krieg sei es bestimmt um Macht gegangen.

»Waren doch Männer, da geht es immer um Macht.« Augenaufschlag, Klimpern. Die Titten in ihrem rosafarbenen Top wippten auf und ab. Jasmin trug keinen BH. Ihre Nippel waren hart und zeichneten sich unter dem Stoff ab. Das konnte auch Herrn Zinn nicht entgehen. Ungeniert gaffte er in ihr Dekolleté. Und das so, dass es allen auffiel. Die dicke Anna ein paar Plätze weiter steckte sich andeutungsweise den Finger in den Hals.

»David, dann kannst du uns doch bestimmt erklären, was du mit 1914 verbindest, natürlich nur, wenn es deinen Schönheitsschlaf nicht zu sehr beeinträchtigt.«

»1914 begann der Krieg«, sagte Mick.

»Und?«, hakte Zinn nach.

»Das ist alles, was ich wissen muss.« Mick verzog keine Miene.

»Nicht in meinem Unterricht«, entgegnete Herr Zinn.

Mick zuckte nur die Schultern.

»David, bist du noch wach?! Wann endete der Krieg?«, hakte Zinn nach.

Mick sah Herrn Zinn direkt ins Gesicht.

Ohne die Miene zu verziehen, sagte Mick: »Wer sagt Ihnen, dass er zu Ende ist?«

Mick und Zinn starrten sich an. Und es klingelte.

SCHLACHTORDNUNG

Die Schule ist wie eine Gesellschaft unter der Käseglocke, ein abgeschlossener Raum. Und jede Klasse ist noch mal eine Gesellschaft in Miniformat. Unsere machte da keine Ausnahme. In jeder Klasse ist jede Sorte Mensch vertreten, da sind die »Gutmenschen«, die Dreads haben, sich am Wochenende Batik-T-Shirts färben und immer nur Scheiße reden. Dann sind da die No-Names, die gibt es in weiblich und männlich, auch in jeder Klasse, auf der Stufe kurz vorm Außenseiter. Aber eben noch nicht ganz unten angekommen. Die rotteten sich meist in Pulks zusammen, die dicke Anna, deren Bauchringe immer über die Jeans quollen; dann Josephine, die ohne Probleme drei Bände des Brockhaus wiedergeben konnte – wörtlich –, aber so hässlich war, dass sie auch mit dreißig noch keinen Sex haben wird; die stille Melanie, die immer mit diesen Spastis rumstand und ihre Dickmilch trank oder an ihrer Zahnspange rumfuhrwerkte.

Dann gibt es die Normalos, die, die nicht sonderlich auffallen, weder positiv noch negativ. Sind nett, aber langweilig, spielen in der Hierarchie meist die Rolle der Mitläufer. Thomas war so ein Typ, immer lässiges Kapuzen-shirt, immer *Vans* an, nie was Spannendes zu erzählen, einmal gekifft, einmal gefickt, es dann wieder gelassen. Beides. Oder Jens, der immer mit dem Skateboard unterm Arm rumgelaufen war, nie hat ihn einer fahren sehen. Ir-gendwann kam er dann ohne Skateboard, aber mit einem gebrochenen Arm und 'ner dicken Lippe. Er war halt doch irgendwann mal gefahren.

Tja, und dann gibt es eben auch die Spitze der Pyra-mide, manchmal ist das auch eine Doppelstellung: der öf-fentliche und der geheime Herrscher. So war es bei uns. Einer hielt das Zepter und einer führte ein Schattenregi-ment. Max war der Coole, immer 'ne große Klappe, im-mer 'nen lässigen Spruch, und die Mädels hingen an dem wie die Kletten. In jedem bekloppten Teeniefilm wäre er super aufgehoben gewesen. Keine Frage. Aber er war nur der Typ aus der Cola-Werbung, von dem jedes Mädchen sich mal so richtig durchvögeln lassen wollte, aber er war eben nicht der Typ, der das Land regierte.

Denn es gab Mick, den Schattenmann. Keinem, der nur kurz in die Klasse gesehen hätte, wäre der aufgefal-len, aber er war da. Und jeder wusste das. Mit Max Stress zu kriegen war sicherlich scheiße, war anstrengend und konnte jede Menge Sympathien kosten. Sich mit Mick anzulegen grenzte an Wahnsinn und bewies wenig Ge-fühl für die eigene Gesundheit.

Die Hierarchien erfuhren immer eine Überprüfung, eine Verschiebung und eine Festigung, mit jeder Stunde, mit jedem Lehrer. Die Lehrer rafften natürlich nicht, dass hier Positionen verteidigt werden mussten. Autorität traf hier auf Autorität, das Kräftemessen konnte beginnen. Ein Gipfeltreffen.

DIE SCHLACHT VON VERDUN

Ja, ich gebe es zu, ich erwartete die zweite Geschichtsstunde in diesem Halbjahr mit einer perversen Neugier. Irgendwie lag die Spannung zwischen Mick und dem Zinn in der Luft, ohne dass irgendjemand genauer hätte sagen können, was da eigentlich los war. Es war ein bisschen so wie die Aufregung vor einem Date. Na ja, auf jeden Fall stellte ich es mir so vor. Man wusste nicht, was einen erwartete und ob hinter der nächsten Ecke etwas Gutes oder etwas zum Fürchten auftauchen würde. Die Stunde begann und zunächst kam erst mal lange nichts um die Ecke. Herr Zinn war wieder zu spät. Jens, der neben mir saß, kokelte gerade an seinem Stuhl rum, als Herr Zinn wie das personifizierte Böse hinter ihm stand und sagte: »Das macht dann zweihundertdreißig Euro.«

Jens wurde knallrot und fing an zu stottern: »Ich hab … gar … gar … nicht, ist nur ein bisschen … also nur dreckig … wollte ich ja gar nicht.«

Herr Zinn hörte interessiert zu. Jens traten die Schweißperlen auf die Stirn.

Herr Zinn grinste nun auf einmal über das ganze Gesicht und ging endlich nach vorne zu seinem Pult. »Na, na, Baumann, nun entspann dich mal wieder, wir wollen ja nicht, dass du dir vor Angst noch in die Hosen pisst. Obwohl, dann hättste ja gleich was zum Löschen.« Herr Zinn lachte sich kaputt. Jens lächelte gequält.

Herr Zinn war nun an seinem Pult angekommen und sah in die Runde. Sein Blick blieb an dem leeren Stuhl von Mick hängen.

»Weiß jemand, wo David ist?« Allgemeines Schulterzucken. Die blöde Beate ignorierte ihre Nachbarin, die leise auf sie einredete, und meldete sich: »Also, in Sport war der noch da.« Und zu ihrer Nachbarin: »Muss man doch sagen, wenn der Lehrer fragt.« Die blöde Beate war neu. Die wusste es noch nicht besser.

»Na, das war wohl zu viel Bewegung, ist wohl die Raucherlunge kollabiert«, sagte Herr Zinn.

In diesem Moment kamen die Raucherlunge und der Rest von Mick zur Tür rein. Mit einem lauten Knallen fiel diese wieder zu.

Mick ignorierte Zinn und schlenderte seelenruhig zu seinem Platz. Ohne Entschuldigung. Ohne ein Wort.

Es war mucksmäuschenstill in der Klasse. Die Blicke wanderten zu Zinn, dann wieder zu Mick, der sich jetzt auf seinen Stuhl gleiten ließ und den *Eastpak*-Rucksack unter den Tisch stieß.

Zinns Stimme durchschnitt scharf die Stille: »Wo kommst du jetzt her, wenn ich fragen darf?«

»Klar, dürfen Sie, sind ja der Lehrer. Fragen stellen ist ja Ihr Job. Dafür werden Sie bezahlt, wenn ich nicht irre.«

»Also?«, hakte Zinn nach.

»Was also?«, entgegnete Mick.

»Warum kommst du so spät?« Zinns Stimme klang genervt.

»Hatte noch was zu erledigen.«

»Und was musste der Herr noch so Wichtiges erledigen? Etwas, das noch wichtiger ist als mein Unterricht?« Zinn verschränkte die Arme vor seinem Brustkorb.

»Ich musste mir noch schnell einen blasen lassen.«

Herrn Zinn klappte der Unterkiefer herunter.

Schach.

Die Sekunden vergingen, der Triumph von Mick steigerte sich mit jeder Sekunde, in der Zinn keine Antwort einfiel. Korrigiere: eine schlagfertige Antwort, eine, die seine Autorität bewahrte.

»Dann kannst du dich nun nicht mal auf den Unterricht konzentrieren, wenn das Blut aus deinem Gehirn in deinem Unterleib ist.«

»Das nehm ich in Kauf«, entgegnete Mick wie aus der Pistole geschossen.

Damit war das Duell für den Moment beendet. Patt.

Herr Zinn hatte in diesem Moment wohl beschlossen, dass er nun genug von seiner kostbaren Zeit mit dem »asozialen Wichser« vertrödelt habe und endlich mal Unterricht angesagt sei. Der Erste Weltkrieg stand auf dem Programm, und wir schlugen die Bücher auf, um auf einer Karte den Kriegsverlauf nachzuvollziehen. Zwei-Fronten-Krieg, Schlachten ohne Ende. Stellungskrieg. Schlacht an der Somme. Kämpfe von Verdun. Im Februar 1916 Beginn des deutschen Angriffs, Beginn des Massensterbens, »Refrain des Todes«. Granatsplitter. Artilleriefeuer. Gas. Leider stand nichts davon in den Karten, wir mussten erst mal stur nacherzählen, wo die Verbände entlanggezogen waren. Herr Zinn erzählte von der Eroberung der Festung Thiaumont, von der französischen Offensive an der Marne, und Herr Zinn erzählte von den hunderttausend Soldaten, deren Gebeine noch heute in der französischen Erde liegen, Gebeine von deutschen Soldaten, französischen Soldaten, überwiegend Kriegsfreiwilligen, deren Leichen nie geborgen wurden und die nun Seite an Seite im Morast lagen, deren Haut verwest war und deren Knochen zerfielen.

Wenn ich es nicht besser gewusst hätte, hätte ich Herrn Zinn für einen Pazifisten halten können. Wie er so dasaß, halb auf der Tischkante, das Buch auf die Knie gesunken, den Blick aus dem Fenster, erzählte er von den Gasangriffen, von den Männern, die Panik bekamen, die Gasmasken runterrissen, deren Lungen verätzt, deren Atemwege vergiftet wurden, die jämmerlich verreckten für einen Kaiser, den sie nicht kannten, und für ein Vaterland, das ihr Leben mit Füßen trat. Herr Zinn war gerade ganz gut in Fahrt, erzählte von den Gasschwaden in der Bunkeranlage von Fort Douaumont, da stand Mick langsam auf und ging ganz, ganz langsam zum Mülleimer. Da stand er nun und spitzte in aller Seelenruhe seinen Bleistift an, so lange, bis dieser brach und er noch mal von vorne anfangen konnte. Herr Zinn kam aus dem Tritt. »Wo war ich gerade?«

»Sie vergasten gerade die deutschen Soldaten«, kam es vom Mülleimer.

»David, setzt du dich bitte wieder hin.« Zinn blieb nach außen ganz ruhig, innerlich kochte er wohl.

»Natürlich«, sagte Mick artig.

Mick ging ganz, ganz langsam zu seinem Platz zurück und Herr Zinn nahm – den Einwurf Micks ignorierend – die Geschichte von Verdun wieder auf. Wenig später war er bei der Schlacht an der Somme angekommen. Anscheinend sein Steckenpferd. Während die blöde Beate und die anderen Streber mitschrieben, was Herr Zinn da so erzählte, stand Mick abermals auf, ging zum Waschbecken und wusch sich die Hände.

Ich schielte unauffällig zu Herrn Zinn. Der hatte anscheinend beschlossen, sich nicht aus dem Konzept bringen zu lassen, und schwadronierte weiter über die deutsche und französische Kampftechnik. Mick drehte den Wasserhahn etwas mehr auf. Jetzt war er nicht mehr zu ignorieren.

Herr Zinn stand auf und beobachtete Micks Händewaschen. Der studierte zwischendurch seine Fingernägel, ob die noch dran waren oder ob da vielleicht noch ein kleines Fitzelchen von Dreck zu sehen war.

»David, setz dich hin!«, kam es laut vom Lehrerpult.

»Ich bin gleich fertig, Herr Zinn.«

»Du bist jetzt fertig«, sagte Herr Zinn.

»Bei allem Respekt …«, leises Kichern aus den hinteren Reihen, »… aber das können Sie von da aus unmöglich sehen.«

»David, du musst dir nicht jetzt die Hände waschen – und nun SETZ DICH HIN!!!«

»Hey, Mann, kein Grund so zu schreien, jetzt platzen wieder diese kleinen Äderchen auf Ihrer Stirn und das sieht immer so scheiße aus.«

Bevor Herr Zinn noch etwas entgegnen konnte, gongte es, und Mick, der ja schon am Waschbecken neben der Tür stand, war als Erster draußen. Herrn Zinn ließ er einfach stehen, der hatte seine erste Schlacht verloren, aber der Krieg stand ihm noch bevor – und Verdun war ein Scheiß dagegen …

DIE MOBILMACHUNG

In der großen Pause waren Mick und Zinn das Gesprächsthema Nummer eins, vor allem in den Jahrgängen neun und zehn. Klar, die Oberstufenschüler interessierte das herzlich wenig, da ging es eher darum, wer mit wem am Wochenende gesoffen hatte, wo es was Gutes zum Kiffen gab und wer bei »Germanys Next Top Model« die geilste Oberweite hatte. Es war nicht so, dass die Mick nicht wahrnahmen, auch die Schüler der Oberstufe hatten einen Heidenrespekt vor ihm, weil er einfach Selbstbewusstsein ausstrahlte. Mick war groß, der typische Sportler, kräftige Armmuskeln, und er hatte einfach das, was man wohl Präsenz nennt. Er war also auf jeden Fall jemand, den man zur Kenntnis nahm, aber die »Stille Post« brauchte sehr lange, um Informationen von der Sekundarstufe eins in die Sekundarstufe zwei zu transportieren. Meist wurden die Nachrichten erst beim Mittagessen weitergegeben, weil Julia aus der 9. Klasse ihrem älteren Bruder Kai bei Kartoffeln und Blumenkohl erzählte, was Mick sich mal wieder geleistet hatte. Vorerst blieb das der Diskussionsstoff der unteren Jahrgänge, überall auf dem Hof in der Sonne bildeten sich Grüppchen, und Wortfetzen schwebten über den Hof. »Echt krass.« – »Ey, bei uns war heute was los«. Ich blieb an die Wand gelehnt sitzen und beobachtete die Gespräche um mich herum, es teilten sich die Meinungen. Einige waren der Ansicht, Mick lehne sich ganz schön weit aus dem Fenster, und es sei nur eine Frage der Zeit, bis Zinn zurückschlagen würde, der sitze eh am längeren Hebel.

»Ey, wenn der Zinn es drauf anlegt, dann fliegt Mick halt von der Schule.«

»Mann, so einfach fliegt man nicht von der Schule!«

»Nee, die laden erst die Eltern ein, danach machen die eine Konferenz.«

»Genau, das war bei Steffen letztes Jahr so, der hatte sogar schon die dritte Konferenz. Und was ist? Nix mit Schulverweis. Versetzung in die Parallelklasse.«

»Stimmt, so schnell fliegste nicht!«

»Wartet's ab, wie schnell das geht, wenn sich der Zinn da richtig reinhängt!«

»Nee, das bringt der Zinn nicht!«

»Wollen wir wetten?!«

Andere waren der Ansicht, es sei nur gerecht, dass der Zinn mal eine reinbekäme, das blöde »Arschloch«, und natürlich hatte fast jeder eine Geschichte beizusteuern, ein Erlebnis mit Zinn, das sich scharf eingebrannt hatte in die Hirnrinde. »Ich weiß noch, ich habe bei Zinn Latein gehabt und konnte mein Heft nicht finden, da hat der blöde Arsch meine Tasche genommen, über meinen Kopf gehoben und umgedreht, sodass alles auf mich draufgefallen ist, dann hat er noch dämlich gelacht und gesagt: ›Ich helfe dir mal suchen!‹«

»Das kann ich mir vorstellen, Mann, mich hat der mal an die Tafel geholt, obwohl der wusste, dass ich es nicht konnte. Da stand ich dann und der Zinn grinste blöd und sagte: ›Na, du kannst doch wohl *laborare* deklinieren. Das heißt arbeiten, kennst du doch, oder? Sonst deklinier halt *schlafen*, wenn dir das mehr liegt.‹«

Einige lachten, »Wo er recht hat, hat er recht«, andere sahen betreten zu Boden. Viele kannten solche Geschichten, und fast jeder erinnerte sich an das Gefühl, nicht nur vom Lehrer vorgeführt, sondern auch von der Klasse im Stich gelassen worden zu sein. Warum, verdammt noch mal, schrie in dem Moment keiner: »Was bilden Sie sich ein!« Da war keiner, der sich schützend vor einen stellte. Jeder war froh, dass es einen anderen traf. Jeden, Hauptsache, nicht mich.

Aber weil man mit den anderen viel Zeit verbrachte, ärgerte man sich lieber über Zinn, den »blöden Wichser«, der immer die demütigte, die es eh schon von allen Seiten ganz dicke bekamen.

Bald waren die meisten der Ansicht, Mick sei zwar ein asoziales Arschloch, aber diesmal wäre das schon okay und der solle dem Zinn nur mal richtig einheizen. Nur wenige Stimmen erhoben sich, das ginge doch wohl nicht und Zinn sei ja nun immerhin ein Lehrer, eine Respektsperson. Von weiter hinten kam sofort der Ruf: »Respekt muss man sich verdienen«, und als wäre das ein wunderbares Schlusswort, gongte es in diesem Moment und alle schlurften auseinander, den Klassenräumen zu. Ich hatte die Gespräche aus der Entfernung gehört und kaute noch nachdenklich auf meinem Käsebrot mit Tomatenscheiben. Als ich neben mir ein metallisches Geräusch hörte, schrak ich auf. Mick kam gerade vom Rauchen und schlenderte über den Hof, er spielte im Gehen mit einem Gegenstand in seiner Hand. In dem Moment, als er an mir vorbeikam, schnappte das Springmesser gerade wieder in die Scheide zurück.

VERHANDLUNGEN

Eigentlich kam alles wie erwartet. Mick hatte spontan beschlossen, die Arbeit bei Zinn in Geschichte komplett einzustellen. Herr Zinn hatte beschlossen, dass er genau DAS auf keinen Fall zulassen konnte oder wollte.

Mick tat keinen Handschlag. Herr Zinn verteilte Sechsen im Sekundentakt. Hausaufgaben? Nicht gemacht. Note Sechs.

Kriegsverlauf auf der Karte zeigen. Keinen Bock. Sechs.

Quellentext zusammenfassen. »Ich kann nicht lesen.« Sechs.

So ging das jede Stunde und wir anderen fühlten uns zunehmend als Statisten. Es war völlig egal, ob wir da waren oder nicht. Das, was da passierte, war ein Ding zwischen Mick und dem Zinn. Wir störten nur. Mir war das eigentlich schnuppe, ich hielt mich da schön raus, sollten die sich doch die Köpfe einhauen, mich ging das nichts an.

Aber es gab so Leute wie Beate, die noch gar nicht gerafft hatte, was da abging. »Ey, der kann doch nicht immer Mick drannehmen. Wofür mache ich denn meine Hausaufgaben, wenn der mich nie drannimmt? Dann krieg ich in Geschichte nur eine Zwei und das versaut mir dann den Schnitt. Das geht doch nicht!« Zustimmung heischend sah sie in die Runde. Wie sie da so stand, großäugig wie eine Kuh auf Ecstasy, tat sie mir schon fast wieder leid. Aber hey, ich hatte genug mit mir zu tun. Überleben, nicht geschasst zu werden, keinen Stress zu bekommen und auf keinen Fall zwischen die Fronten zu geraten.

Auch von anderer Seite bekam die dicke Beate keine Unterstützung und Mitleid schon mal gar keines.

»Ey, biste bescheuert?!«, blaffte Maike sie an.

»Boah, komm mal klar!«, rief Tomek.

»Halt die Fresse, du blöde Kuh!« Christian schüttelte den Kopf. Wie konnte man so dämlich sein!

Beate beklagte sich nicht mehr.

Damit war das Thema erledigt, viele in der Klasse beobachteten mit Faszination, was sich da zusammenbraute, und fühlten bei jeder Fick-dich-Geste von Mick einen wohligen Schauer über ihre Rücken laufen. Jeder wäre gerne mal kurz ein solch abgewichster Typ gewesen, der dem Zinn zeigte, wo es langging. Aber bitte ohne die Gefahr, die damit zusammenhing. Bitte nur ganz kurz und ohne dass Zinn zurückschlug. Nur ein Mal. Ein Traum.

Zinn selber wird wohl in jeder großen Pause ins Lehrerzimmer gestürmt sein, sein Buch auf den Tisch gepfeffert haben und sich bei seinem Kumpel Richard (Deutsch und Geschichte) mal wieder so richtig ausgelassen haben über das »Stück Scheiße«. Was der kleine Penner sich einbildete, na, der kleine Pisser würde sich noch umgucken.

Mick blieb die nächsten zwei Wochen so ignorant, reagierte gar nicht mehr auf Zinn und der hatte dann irgendwann die Faxen dicke. Und was tut man als verzweifelter oder wütender Lehrer? Man bestellt die meist noch verzweifelteren Eltern in die Schule. Und so kam es dann auch. Ich bekam das nur mit, weil ich an dem Tag in der Bücherei beim Aufräumen half, in der Hoffnung, dass das eine oder andere Buch für mich dabei abfallen könnte. Das Elternsprechzimmer lag genau daneben, und dazwischen waren nur diese verschiebbaren Wände, die so dünn sind wie Papier. Daher verstand ich fast jedes Wort, das nebenan gesprochen wurde.

Die Stimme von Zinn erklang, seltsam mild, fast melodisch. »Frau Mickner, Herr Mickner, schön, dass Sie gekommen sind.«

Unverständliches Gemurmel war die Antwort. Bestimmt fanden sie es auch schön, an einem Freitagnachmittag in die Schule zitiert zu werden, um sich anzuhören, dass ihre Erziehung versagt hatte.

»Ich will gleich zur Sache kommen«, begann Zinn. Und dann hörte ich bestimmt zehn Minuten nur Zinns Stimme, die bedächtig anfing und sich dann steigerte. Es war nicht schwer zu erkennen, dass Zinn dabei war, Micks Missetaten der Reihe nach aufzuzählen. Nur Zinns Stimme. Sonst nichts. Und ich konnte förmlich durch die Wand sehen, wie die Ader an seinem Hals links immer mehr anschwoll und zu platzen drohte. Irgendwann hörte es auf. Zinn war fertig. Und nun hörte man auch endlich mal Micks Eltern, die er ja herzitiert hatte, damit miteinander geredet werden konnte. Laut und deutlich konnte man Micks Vater hören, die Stimme eisig. »David war schon immer ein schwieriges Kind. Ich weiß tatsächlich nicht viel von meinem Sohn, er redet manchmal tagelang nicht mit uns. Ich weiß nicht, ob er außer seinem Sport irgendwelche Leidenschaften hat. Man könnte meinen, das einzig Wichtige wäre Hockey, dabei ist das nicht mal die Mannschaft, um die es ihm geht. Sie kennen David, es geht ihm nur um sich selbst, um seinen persönlichen Ehrgeiz, und im Hockey ist er wirklich gut, aber sonst gibt es anscheinend nichts, was für ihn zählt. Wissen Sie, Herr Zinn, wir führen zu Hause ein strenges Regiment. David hat keinen Fernseher, keine Playstation, nichts. Bücher kann er haben, so viele er will. Und die liest er auch. Das können Sie sich sicher kaum vorstellen.« Protestgemurmel von Zinn. »Aber wissen Sie«, fuhr Micks Vater fort, »ich halte nicht viel von dieser ganzen Kuschelpädagogik. Der Junge braucht eine feste Hand. So oder so.«

Zustimmendes Gemurmel von Zinn.

»Tja, die Prügelstrafe ist ja nun leider schon abgeschafft«, gekünsteltes Lachen von Herrn Mickner, »aber Sie haben bestimmt auch gute Methoden, den Jungen in den Griff zu bekommen. Meine Unterstützung haben Sie. Sie können sicher sein, dass wir heute Abend ein Gespräch von Mann zu Mann haben werden. Und ich erwarte natürlich, dass Sie mir berichten, wie David sich dann in den folgenden Tagen aufführt und ob unser … Gespräch … auch Wirkung gezeigt hat.«

Wieder Zinns Stimme. Unverständlich.

»Gut, dann sind wir uns so weit einig. Herr Zinn, ich danke Ihnen sehr für Ihr Bemühen um den Jungen.« Stühlerücken. Das Gespräch schien zu Ende zu sein. Schritte auf dem neuen Linoleum, eine Tür fiel ins Schloss. Schritte entfernten sich.

Ich sah in der Bibliothek aus dem Fenster und wartete auf Micks Eltern, die jeden Moment aus der Tür kommen mussten. Ich weiß nicht, warum, doch ich hatte mir Micks Eltern immer so ein bisschen asozial vorgestellt, etwa so wie die Leute, die mittags bei Oliver Geissen oder Sonja im Talkshow-Studio saßen und aus ihrem langweiligen Leben erzählten. Mutti in lila Leggins, mit goldenen Turnschuhen und der Pudel-Dauerwelle. Er dann mit Jogginghose und Vokuhila-Frisur. Ich weiß auch nicht, warum ich das dachte, denn natürlich war Mick ein asozialer Mistkerl, aber er war ein intelligenter, gebildeter asozialer Mistkerl.

Die zwei, die da unten aus der Tür traten und zu ihrem schwarzen BMW gingen, waren Lichtjahre von meiner Vorstellung entfernt!

Micks Mutter war wesentlich jünger, als ich sie mir vorgestellt hatte, zumindest sah das aus der Entfernung so aus. Ich schätzte sie so auf vierzig, die blonden Haare hochgesteckt, ein schickes blaues Kostüm und Pumps, in denen sie nun elegant auf das Auto zugig. Die Fernbedienung wurde betätigt, kurzes Leuchten der Blinker, dann hielt Micks Vater seiner Frau auch schon die Tür auf. Ein großer schlanker Mann im Anzug und grauem, elegant geschnittenem Mantel. Eine gerade Nase, sehr kurz geschnittene Haare. Markant. Sehr aufrecht, sehr gerade. Wie konnte es sein, dass diese beiden einen Sohn wie Mick bekommen hatten? Einen Sohn, der fast gar nichts von ihnen hatte? Ich musste sofort an die Geschichten denken, die immer mal wieder durch die Medien geistern. Geschichten von vertauschten Babys im Krankenhaus. Vielleicht wuchs irgendwo in Deutschland ein Junge auf, der tadellose Umgangsformen hatte und sich sein ganzes Leben schon fragte, warum es zu Hause zwar in jedem Zimmer einen Fernseher, aber kein einziges Buch gab und warum seine Mutter sich diese blöden goldenen Turnschuhe gekauft hatte. Aber nein, da war etwas, das beide Mickners gemeinsam hatten: die Stimme. Klar, die von Micks Vater war schneidend und klar, während Mick immer eher durch die Zähne sprach, doch es war unverkennbar, wenn auch unfassbar: Der, der da unten nun in diesem wahnsinnig teuren Auto davonbrauste, war Micks Vater. Auf dem Weg zu einem Vater-Sohn-Gespräch. Zum ersten Mal hatte ich ansatzweise so etwas wie Mitleid mit Mick. Und auch zum letzten Mal.

FRIEDEN?

Ich war am Montagmorgen richtig aufgeregt. Das, was hier abging, war besser als »Verbotene Liebe«, »Gute Zeiten, schlechte Zeiten« und »Unter uns« zusammen. Wie würde Mick heute drauf sein? Würde er vorm Zinn kuschen? Oder ihn fertigmachen? Vielleicht hatte es bei Mick zu Hause richtig Stress gegeben, so das volle Programm – mit Anschreien, Hausarrest und Taschengeldsperre. Moment, war ja Mick, nicht ich. Also, dann mit der Androhung von Internat oder Hockeyverbot? Dann wäre Mick sicher auf hundertachtzig und er würde seine Sauwut irgendwo loswerden wollen. Ich war sehr gespannt, was da heute abgehen würde.

Beim Frühstück fragte mich meine Mutter, was denn los sei, so schnell war ich mit dem Müsli fertig und zog mich an. Ob ich irgendeine Arbeit schreiben würde, von der ich ihr gar nichts erzählt hätte? »Na du, verschweigst du deiner Mutter etwas?«

Ich hatte ihr versichert, dass das natürlich nicht der Fall war. Noch nie war ich so gerne in die Schule gegangen.

Aber erst musste ich noch durch Mathe und Musik durch. Auch wenn gerade Mathe mich sonst echt fesseln konnte, dieses Mal wollte ich nur eines wissen: Hatte Mick gestern einen richtigen Einlauf bekommen? Wie würde er heute Zinn gegenübertreten? Dritte Stunde: Latein.

Zinn kam fünf Minuten zu spät, schlenderte dann gemütlich in die Klasse und stellte seinen Aktenkoffer auf das Pult. Den Aufkleber gut sichtbar: »Ich bin eiskalt.«

Er setzte sich gemütlich hin, streckte sich kurz und ließ den Blick in die Runde schweifen. Er schien sich heute sichtlich wohlzufühlen. Sein Blick blieb an Mick hängen.

»David, gut siehst du heute aus.«

Das war glatt gelogen, Mick sah schlecht aus, hatte Ringe unter den Augen, so als hätte er die letzten drei Tage an einer LAN-Party teilgenommen.

»Danke, Herr Zinn, Sie aber auch.«

Nun war auch der Letzte wach.

Was war hier los?

Warum fielen die beiden nicht übereinander her? Die Blicke flogen nur so von Zinn zu Mick und wieder zurück. Die dicke Beate ließ den Mund offen, staunte und fing erst zwanzig Sekunden später wieder an, ihr Kaugummi zu mahlen.

»David, bist du so nett und liest uns mal den ersten Satz aus deiner Hausaufgabe vor? Was sagt Sallust?« Zinn schaute auffordernd zu Mick und nickte ihm zu.

Und Mick übersetzte!!! Ich konnte es nicht fassen! Die anderen auch nicht. Und Zinn konnte wohl nicht fassen, dass tatsächlich alles richtig war.

Der Unterricht ging weiter, immer begleitet von Zinns Lieblingssatz: »So genau wie möglich, so frei wie nötig.« Vierzig Minuten vergingen ohne besondere Vorkommnisse, und wenn ich ehrlich sein soll – ich war fast ein bisschen enttäuscht. Den anderen schien es ähnlich zu gehen, der dicke Dirk nölte beim Rausgehen: »Och Mann, jetzt wird der Zinn wieder MICH fertigmachen, Scheiße.«

So hatte jeder seine Sorgen und Nöte mit der neuen Situation. Zinn ging nach dieser Stunde leise pfeifend den Gang hinunter. Sein Koffer schlenkerte an seinem Bein vor und zurück. Mick saß auf der Heizung vor dem Klassenraum und sah ihm mit ausdruckslosem Gesicht hinterher.

FEINDANALYSE

Ich hatte natürlich keine Ahnung, was da bei Mickners zu Hause abgegangen war. Ich hatte tatsächlich – voll klischeehaft – Mick nach Blessuren gescannt. Gab es Schrammen? Blutergüsse? Hätte mir gut vorstellen können, dass Micks Vater zu Hause sein Zweitausend-Euro-Jackett auszog, einen Gürtel von der Wand nahm und mal so richtig auf Mick, seinen nichtsnutzigen Sohn, einprügelte, weil die blöde liberale Schule ja leider die Prügelstrafe abgeschafft hatte. Alles musste man alleine machen. Irgendwie gefiel mir die Vorstellung, dass Mick wimmernd auf dem guten Perser kniete, um Gnade flehte und darauf bedacht war, nicht den guten Teppich vollzubluten.

Aber die Vorstellung war ... zu schön, um wahr zu sein? Ich weiß nicht, aber natürlich war es das totale Klischee. Wie einfach wäre so eine Erklärung gewesen: Mick ist ein asoziales Arschloch, weil er zu Hause von einem asozialen Arschloch schikaniert wird. Mick ist ein fieser Schläger, weil er selbst geschlagen wird. Mick sucht sich immer die Schwächsten, weil er zu Hause selber der Schwächste ist.

Warum konnte es nicht so einfach sein? Wenn ich wüsste, dass es so wäre, bräuchte ich nie wieder Angst zu haben. Dann wüsste ich etwas von Mick, was keiner wissen sollte. Ich könnte sagen: »Wenn du mich jemals anfasst, erzähle ich allen, was bei dir zu Hause los ist und wozu dein Vater immer einen Gürtel im Flur hängen hat.« Aber so: Mick blieb ein Mysterium. Keine Ahnung, warum er so war, wie er war.

Eigentlich wusste ich nichts von Mick. Das erste Mal war er mir auf der Grundschule begegnet, ich glaube, seine Eltern waren damals mit ihm hergezogen, der kam mitten im Schuljahr auf unsere Schule, in der 4. Klasse, glaube ich. Schon komisch, der war damals gar nicht in meiner Klasse, und trotzdem wusste ich nach drei Tagen, wer das war. Das lag vielleicht auch einfach daran, dass sich Mick sehr schnell einen Namen gemacht hatte. Bereits nach wenigen Wochen hatte er, der zehnjährige Junge, eine Klassenkonferenz, weil sich rausgestellt hatte, dass Mick seine Mitschüler erpresste. Die Regeln waren ganz einfach: jede Woche fünfzig Cent »Schutzgeld«, wer nicht zahlte, bekam ein paar aufs Maul. Das war damals natürlich noch nicht die Nummer mit Zähne ausschlagen, Nasenbluten und dem ganzen Programm, damals hatte einfach noch keiner von uns die Kraft dazu oder so was wie eine Kampftechnik. Stattdessen hielt Mick einfach drauf: Gesicht. Großes Ziel. Irgendwas treffe ich. Egal was. Das zog. In den vier Wochen seiner kurzen Mafia-Karriere hatte Mick so viel Geld gesammelt, dass er sich ein Trikot von *Hannover 96* kaufen konnte. Das Original-Trikot! Sechzig Euro!

Die Konferenz machte dem Treiben ein Ende. Mehrere Eltern hatten erzürnt angerufen, mit Anzeigen gedroht, mit Schulwechsel und von Gesprächen mit ihren Söhnen berichtet, die am Mittagstisch weinend über dem Mohr-rübeneintopf zusammengebrochen waren und endlich erzählt hatten, was da in der Schule los war.

Zu der Konferenz waren wohl auch Micks Eltern erschienen. Aber das nehme ich nur an. Ich weiß gar nicht, welche Strafe Mick bekam, von der Schule flog er jedenfalls nicht, aber ich glaube, er war damals beim Schulpsychologen. Wie es aussah, hatte der seinen Job ja richtig beschissen gemacht.

Mick fiel in der Grundschule nicht weiter auf. Ich kann mich nur noch an eine Begegnung im »Leseclub« erinnern. Da war dieser Junge, Malte, die Mutter sehr besorgt, fast übertrieben. Eine, die immer ein Salatblatt auf das Vollkornbrot legte und ihrem Sohn auch noch im Alter von zehn Jahren Strumpfhosen unter die Cordhose zog, wenn es draußen weniger als zehn Grad waren. Der Vater von Malte war schon alt, fast siebzig. Schon alleine diese Information hätte Malte zur perfekten Zielscheibe werden lassen. Dazu kam jedoch auch noch, dass er bei jeder Kleinigkeit anfing zu weinen, gerne häkelte und immer bei den Mädchen saß. Fußball spielen fand er doof – und damit hatte er sein Todesurteil persönlich unterschrieben.

Nun trafen Malte und Mick in diesem seltsamen »Lese-club« aufeinander, eine Begegnung der dritten Art, könn-te man sagen.

Mick nannte Malte nur »Schwabbelbacke« oder »Tun-te«. Die erste Bezeichnung war vermutlich auf Maltes Übergewicht zurückzuführen. Der Junge war überpropor-tional gestraft.

Im Leseclub lasen Lehrer und Schüler aus verschiede-nen Klassen gemeinsam Bücher, zu der Zeit gerade »Ben liebt Anna«, und wenn geküsst wurde, schrien alle Jungs »bäh«, »pfui Teufel« oder »Igitt«. Nur Malte nicht, der saß auf seinem Stuhl, sagte »romantisch« und seufzte. Damit war er endgültig fällig.

In der Fünf-Minuten-Pause war Herr Schmitz mal – wie er sagte – »für kleine Königstiger«, da hatte Mick schon Maltes Tasche geschnappt und war damit zum Fenster gesprintet. Der Klassenraum lag im dritten Stock, unter dem Fenster war der Teich der Fachgruppe Biologie der angrenzenden Realschule. Mick hielt die lederne Ta-sche mit den gepolsterten Schulterriemen aus dem Fens-ter und grinste Malte hämisch an, der vor ihm stand und verzweifelt zu seiner Tasche starrte.

»Na, Schwabbelbacke, komm doch und hol sie dir!«

Malte streckte einen Arm nach der Tasche aus und berührte Mick an der Schulter. Der schrie: »Ey, Fetti hat mich angetatscht, die Tunte geht mir an die Eier!«

Malte sah nun fassungslos in die Runde und fing sofort an zu heulen.

»Gib mir meine Tasche. Bitte«, flehte er.

»Was willste, ich kann dich nicht hören«, sagte Mick.

»Ich möchte bitte meine Tasche wiederhaben. Bitte!«, schluchzte Malte lauter und wischte sich den Rotz mit dem Ärmel seines roten Nicki-Pullovers ab.

»Warum willste denn das hässliche Ding wiederhaben?«, fragte Mick und hielt noch immer die Tasche aus dem Fenster.

»Da sind meine Schulsachen drin. Ohne die kann ich nicht mitmachen«, heulte Malte, »dann schimpft Frau Schmelz.«

»Alter, deine Sorgen will ich haben.« Mick konnte es nicht fassen.

»Meine Tasche!« Maltes Stimme überschlug sich, so sehr heulte er. Sirene.

»Na, dann wollen wir dich mal von der schweren Last befreien«, sagte Mick und hielt weiter den ausgestreckten Arm aus dem Fenster. Nur die Tasche, die war nicht mehr da.

Nach der Stunde zog Malte sie unter dem Gelächter der Jungen um Mick aus dem Gartenteich.

Ich war dabei gewesen und hatte nichts gesagt. Ich hatte Malte nicht geholfen. Bin ich ein Feigling? Ja, das ist immer leicht gesagt: Da hättest du helfen müssen! Mann, das war reiner Überlebenswille: besser der als ich.

KRIEGSERKLÄRUNG

Die nächsten Wochen gingen ins Land, ohne dass irgendetwas Besonderes geschah. Es roch wieder nach Herbst, nach feuchter Erde. Die Bäume wechselten ihre Farbe, die Blätter wurden rot, dann braun und fielen langsam von den Bäumen. Der Nordwind fegte um das Schulgebäude, und morgens blendete uns das kalte Neonlicht, das den kahlen Klassenraum erhellte. Draußen war es in der ersten Stunde noch immer stockdunkel. Und es war arschkalt. In den Klassenräumen, vor allem in den Biologieräumen im Erdgeschoss, drang schon im September die Kälte in alle Ritzen. Die alten Fenster waren undicht und es zog wie Hechtsuppe. Einige Mädchen mummelten sich in ihre bekloppten schwarz-weißen Palästinensertücher, die Jungs markierten weiter die Harten und saßen noch immer im T-Shirt da. Uncool, wer schon ein Kapuzensweatshirt trug. Coolness war mir im Winter scheißegal, ich hatte längst einen Pulli an. Im Oktober durfte dann endlich geheizt werden, und da war sie dann endgültig vorbei, die Zeit der String-Tangas, die aus der Hose guckten. Vorbei die Zeit der Tops und BH-Träger. Die Rollkragenpullover hielten Einzug, viele Mädchen trugen Schals und auch die Jungs kamen nun in Jacke zur Schule. Wer cool sein wollte, kam eisern in *Chucks*, auch dann, wenn draußen bereits die Null-Grad-Grenze angeknackst wurde.

Ich trug weiterhin Jeans und Rollkragenpullover. Aber ich hatte längst meine Winterschuhe rausgeholt, die mit der dicken Sohle. Schnee- und rutschfest. Der Einzige, der weiterhin ohne Jacke kam, war Mick.

Aber er machte auch nicht den Eindruck, als würde er frieren. Der lebensmüde Dennis hatte Mick neulich gefragt: »Mensch, Mick, frierste gar nicht? Ist doch arschkalt draußen!«

Mick hatte sich ganz, ganz langsam mit seinem Stuhl zu Dennis umgedreht und sah ihn an, bestimmt zehn Sekunden, ohne ein Wort zu sagen. Dennis begriff, dass es total bescheuert gewesen war, Mick so dumm von der Seite anzuquatschen, aber jetzt war es zu spät.

»Sag mal, biste behindert? Brauchst du ein paar aufs Maul?«, fragte Mick in ganz ruhigem Tonfall.

»Nee, Mick, sorry, war blöd von mir.« Die Stimme von Dennis zitterte.

»Was genau war blöd von dir?«, fragte Mick und beugte sich vor. Gespielte Neugier. Hochgezogene Augenbraue.

»Dass ich dich was gefragt habe?«, fragte Dennis mehr, als dass er antwortete, und zog sofort den Kopf ein.

»Das auch, aber dass du kleiner Spasti mich überhaupt dumm von der Seite anquatschst, ist ein ganz großer Fehler. Hast du das jetzt verstanden?«

Dennis nickte heftig mit dem Kopf.

»Schön, dann verpiss dich.« Mick sah Dennis durchdringend an.

»Jetzt? Der Unterricht fängt doch gleich an!« In Dennis' Augen stand jetzt die große Panik. Er befand sich in einem klassischen Dilemma: Wegen Schwänzens einen Eintrag riskieren oder von Mick später richtig die Fresse poliert bekommen.

Dennis nahm seine Sachen und verkroch sich aufs Jungenklo. Den Rest des Vormittags blieb er wohl da, denn ich sah ihn nicht mehr, aber mittags kam er mit den anderen aus der Schule raus.

Und nur einige Tage später, im November, im Licht der Leuchtstoffröhren, an einem Tag, an dem Mick richtig schlechte Laune hatte, beging Herr Zinn den größten Fehler seines Lebens.

Herr Zinn hatte in den letzten Wochen grandiose Laune gehabt. Über die Gründe dieses Stimmungshochs gab es zahlreiche Mutmaßungen. »Vielleicht hat der im Lotto gewonnen.« – »Nee, der freut sich schon auf die Zeugniskonferenzen.« – »Oder der hat 'ne neue Flamme, die ihm den Schwanz lutscht.«

Ich konnte nicht verstehen, dass die anderen nicht sahen, was doch so offensichtlich war: Herr Zinn hatte Ruhe. Da war schon seit Wochen kein Mick, der seine Nerven strapazierte, kein pubertärer Mistkerl, der ihn provozierte. Paradiesische Zustände. Und so was macht nun einmal leichtsinnig.

Der Lateinunterricht hatte begonnen, wir schrieben schon wieder einen Vokabeltest. War leicht, ich wusste alle Wörter, musste keine Lücke lassen. Hochgefühl.

Dann fragte Zinn die neue Deklination noch mal ab. Es waren simple Regeln, solche, wie wir sie schon seit vier Jahren lernten. Mick saß schräg vor mir und sah aus dem Fenster, sein düsterer Blick verfolgte die Zweige, die im Wind hin und her gebogen wurden. Sein Blick war finster, ich kann es nicht richtig beschreiben, irgendwie so, als wäre da ein Schleier über seinen Augen, einfach finster.

Herr Zinn sah in Micks Richtung. Der hörte die Frage des Lehrers nicht, sondern starrte weiter aus dem Fenster.

»David?«

Mick reagierte nicht.

»Herr Mickner!«, erdröhnte Zinns Stimme.

Mick zuckte zusammen. »Was?«

Herr Zinn grinste breit. »Das heißt: Wie bitte?«

»Was?!«, fragte Mick durch die Zähne.

Und Zinn hörte einfach nicht genau hin.

»Na, du träumst wohl, was?! Hoffentlich was Schönes«, sagte Herr Zinn und zwinkerte Beifall heischend in die Runde. Einige mühten sich ein Lächeln ab.

Mick taxierte Zinn nun in Ruhe. Dunkle Wolken zogen auf. Auch am Himmel.

»Na, David, geht es dir gut?«, fragte Herr Zinn – jetzt ganz gutmütiger Papi.

»Warum sollte es mir nicht gut gehen?« Mick sah Zinn an. Kalt. Das Kinn etwas vorgereckt.

Und Herr Zinn sah nicht hin.

»Nee, klar geht es dir gut. Wer dumm ist, hat keine Sorgen.«

Sagte es und lachte. Außer ihm lachte niemand. Sein Lachen erstarb, es war nun absolut still im Klassenraum. Der Satz verhallte und kam als Echo aus allen vier Ecken zurück. Verharrte dann mitten im Raum.

Totale Stille. Eine Sekunde. Zwei Sekunden. Drei Sekunden. Die Gänsehaut kroch über meinen Rücken in meinen Nacken. Totenstille.

»Wollen Sie damit sagen, dass ich dumm bin?«, fragte Mick. Ganz ruhig war seine Stimme.

Und Herr Zinn schnappte nach Luft wie ein Karpfen und suchte nach einem Wort, nach einem Satz, nach Rettung. Er fand nicht, was er suchte.

So blieb er stehen, Micks Frage verhallte im Raum und blieb in allen Köpfen hängen. Als es gongte, strömten alle aus dem Klassenraum und nahmen dieses Bild mit. Einige sahen noch mal zu Zinn, um mitzukriegen, ob der antwortete. Aber letztlich waren Mick und Zinn allein. Mick packte ganz langsam seine Sachen zusammen.

Als er an Zinn vorbeiging, blieb er kurz stehen, beide standen so da, Gesicht an Gesicht. »Das wollten Sie doch sagen.« Das war eine Feststellung, das war keine Frage. So standen sie beide da, Auge in Auge. Ich schnappte mir schnell meinen Schal, den ich vergessen hatte, und machte, dass ich wegkam. Keiner von beiden hatte mich auch nur bemerkt.

Und es würde noch eine Weile dauern, bis auch die Letzten verstanden hatten, dass an diesem Morgen der Waffenstillstand gebrochen worden war.

BEOBACHTUNGSPOSTEN

Wir wohnten in der Bismarckstraße. Eigentlich gab es da nichts. Und auch die Nachbarschaft konnte man sich leider nicht aussuchen, doch immerhin waren wir zuerst da gewesen, Zinn hatte das Haus gekauft, als meine Eltern da schon gewohnt hatten und ich noch nicht auf der Welt war. Zinn war damals mit seiner hübschen Frau Margret eingezogen. Ich kann mich kaum mehr an die erinnern, ich weiß nur, dass sie immer Lippenstift trug und toll roch. Das weiß ich noch, weil sie manchmal beim Bäcker hinter mir stand oder auf der Straße an mir vorbeiging. Und eines Tages war sie einfach nicht mehr da. Und Zinn trug von da an ungebügelte Hemden.

Zinns Haus war etwas kleiner als die anderen, ein Reiheneckhaus, aber mit einer Etage weniger, keine Ahnung, warum. Im Vorgarten stand ein alter Apfelbaum, die Äpfel schmeckten scheiße, aber aus irgendwelchen Gründen hing Zinn an dem Ding. Vielleicht ein Hochzeitsgeschenk seiner Frau, keine Ahnung. Gegenüber von Zinns Haus, auf der anderen Straßenseite war ein Spielplatz, nichts Spektakuläres, ein Sandkasten, zwei Schaukeln, eine Rut-

65

sche, das war's. Und ein Schild am Zaun, das die Nutzung des Spielplatzes nach achtzehn Uhr verbot und Hunde auch.

Jeden Mittwoch ging ich an Zinns Haus vorbei, zwangsläufig, denn mittwochs trug ich immer das »Wochenblatt« aus. Damit alle Nachbarn wussten, wann wieder Markt war, welches Stück das *Komödchen* spielte und wann wieder ein Filzkurs für Anfänger begann. Außerdem standen im Wochenblatt immer die Pläne des Stadtrates für die neuen Grünanlagen und den Bau von Parkplätzen. Meist gab es auch einen Bericht über den letzten Basar des Roten Kreuzes, Berichte aus Ämtern des Stadtteiles und was man sonst halt alles nicht brauchte.

Mir war das egal, ich bekam für das Austragen der Zeitungen zweiunddreißig Euro, egal wie lange ich brauchte. Ich hatte mich perfekt organisiert, mein Fahrrad hatte einen Anhänger, ich hatte Turnschuhe. Ich brauchte genau zwei Stunden und achtunddreißig Minuten, manchmal auch zwei Stunden und einundvierzig Minuten. Immer dann, wenn ich am Fenster unserer Nachbarin, Frau Aschoff in Nummer sieben, vorbeikam und sie mich sah.

Im Sommer lehnte sich Frau Aschoff immer aus dem Fenster, so wie man das im Fernsehen sieht, mit geblümten Kissen und so.

Wenn Sie mich sah, rief sie: »Ach, Johannes, du bist es, wie schön, magst du ein Bollo?«

Bollo war ein anderes Wort für Bonbon. Mit »Bollo« meinte sie *Werthers Echte* – und natürlich mochte ich ein

Bollo, das verlangte die Höflichkeit. Tag sagen, fragen, wie es geht, aktuelle Krankengeschichte anhören, Bollo nehmen, in den Mund stecken, gehen = drei Minuten.

Wenn der Winter kam, war das Zeitungen-Austragen echt blöd, meine Hände wurden schnell kalt und ich fror. Umso mehr beeilte ich mich, die Wiesenstraße, die Kerstingstraße und am Schluss die Bismarckstraße fertig zu machen, aber unter zwei Stunden und achtunddreißig Minuten ging es einfach nicht. An diesem Novembertag, an den ich mich noch gut erinnern kann, war es eiskalt, viel zu kalt für November, fünf Grad unter Null. Als ich gerade durch Zinns Pforte trat, um die Zeitung in den Briefkasten zu stecken, sah ich ihn.

Ich schwöre, dass mein Herz für einen Moment aussetzte. Direkt unter dem Apfelbaum mit den gammligen Äpfeln stand Mick in einem grünen Edelparka, die Kapuze etwas in die Stirn gezogen, und sah mir direkt in die Augen. Er lehnte lässig am Stamm, die Beine über Kreuz, und rauchte, er nahm die Zigarette zwischen Daumen und Zeigefinger und zog an der Kippe, die Glut glomm auf, den Blick hielt er noch immer auf mich gerichtet. Die andere Hand hatte er in der Jackentasche, in einer Tasche steckte 'ne Dose und ich dachte noch für einen Moment: »Ach, dem ist auch endlich mal kalt«, als Mick seine Hand aus der Tasche zog, ganz langsam, erst angewinkelt, dann seinen Arm nach vorne streckte, den Zeigefinger in meine Richtung, den Daumen in die Höhe, die Augen zusammengekniffen, als würde er über den Lauf einer Pistole sehen und auf mich zielen. Seine Lippen formten das Wort »peng«, aber zu hören war nichts. Ich dachte sofort an die Szene im Schuleingang und den stotternden Jungen. Auch dieses Mal überlief es mich eiskalt. Wie machte der das nur? Bei jedem anderen hätte das albern ausgesehen! In seinem Gesicht war kein Ausdruck von Humor, kein Augenzwinkern, kein Hochziehen der Mundwinkel, das mir gezeigt hätte: »Ach, Johannes, ist doch nur Spaß!« Da war – nichts. Ausdruckslosigkeit.

Ich rührte mich nicht und hatte immer noch die bekloppte Zeitung in der Hand. Mick sah ungerührt zu mir, legte nun aber den Finger auf die Lippen, so als würde er »pssst« sagen wollen. Er wandte nicht den Bruchteil einer Sekunde den Blick von mir. Dann – nach endlosen Sekunden – drehte er sich langsam um und verschwand fast schlendernd durch die Pforte auf die Straße. Ich rührte mich nicht. Als ich mich endlich wieder bewegen konnte, schlich ich zurück auf die Straße, zu meinem Fahrrad mit dem Anhänger. Ich sah die Straße hinunter. Nichts, nur Frau Reisig aus der Nummer vier mit ihrem Pudel Trixi.

Ich hob kurz den Arm zum Gruß und drehte mich in die andere Richtung, sah die Straße hinunter. Mick war verschwunden. Noch immer hielt ich das bekloppte Wochenblatt für Zinn in der Hand. Mist, musste ich noch einstecken, ich drehte mich zum Haus und erst da fiel mein Blick auf Zinns Haustür. Die schwarze Farbe war nicht zerlaufen, das war das Erste, was ich feststellte – und da stand nur ein Wort: KINDERFICKER. Die Spray-

dose hatte Mick mitgenommen, seine Kriegserklärung
hatte er dagelassen.

TARNKAPPE

Ich hatte es an diesem Morgen nicht eilig, zur Schule zu kommen.

Natürlich hätte ich so tun können, als wäre ich krank, aber diese Taktik hätte das Problem nicht gelöst, sondern die Warterei nur verlängert. Ich hatte keine Ahnung, wie Mick reagieren würde. In mir war die völlig naive Hoffnung, dass die Szene in Zinns Vorgarten Mick als Drohgebärde ausreichen würde und er mich einfach in Ruhe ließ. Was hatte ich schon gesehen? Und vor allem: Wem hätte ich davon erzählen sollen? Und wollen.

Nein, ich würde schön meinen Mund halten, Mick würde mich ignorieren wie zuvor und weiter seinen Kleinkrieg mit Zinn führen. Ich würde in drei Jahren mein Abitur machen und Journalistik studieren. Es gab keinen Grund, warum ich annehmen sollte, dass sich an diesem meinem Lebensplan irgendwas ändern könnte.

All das sagte ich mir wieder und wieder, als ich zur Schule ging. Was war schon passiert? Um die letzte Ecke. Schulgebäude. Es war nichts passiert.

Haupteingang. Es war nichts passiert. Flur, zwei Etagen,

Treppen. Nichts passiert. Nächste Tür. Nichts passiert. Mick! Lehnte in der Tür. Nichts. Ich ging schnell an ihm vorbei.

Ich sank auf meinen Platz und spürte, wie der kalte Schweiß meinen Rücken entlanglief. Innerlich jubelte ich. »Der hat mich gar nicht angesehen!« Hurra!

Mein Atem wurde ruhiger, der Herzschlag normalisierte sich. Ich fing an, mich zu entspannen.

Die erste Stunde war Deutsch, Frau Severin erklärte zum dritten Mal den Aufbau der Erörterung: »Ihr müsst das Argument ausformulieren und ihr müsst das Argument stützen.«

Björn quatschte dazwischen: »Ich muss immer nur meine Oma stützen.«

Frau Severin ignorierte Björns Kommentar. »Also, Erklärung noch mal für alle, was ist eine Stütze?« Frau Severin war geduldig und ging zur Tafel, um es das dritte Mal aufzuschreiben. Ich hatte es schon beim ersten Mal verstanden. Sie klappte die Tafel auf, und da war ein gar nicht schlecht gezeichneter Cartoon von der blöden Beate, die auf allen vieren kniete und einen überdimensionalen Schwanz im Mund hatte. Schallendes Gelächter, Frau Severin wurde tatsächlich rot und klappte die Tafel schnell wieder zu.

Die blöde Beate war längst aufgesprungen und heulend aus der Klasse gerannt.

Frau Severin hatte sich wieder gefangen. Der Schreck wandelte sich in Zorn.

Ihre Stimme vibrierte vor Wut: »Wer war das?«

Schweigen.

»David, warst du das?« Frau Severin sah zu Mick. Der hielt dem Blick stand. Frau Severin sah weg.

»Nee, Frau Severin, ich kann das gar nicht gewesen sein. Wissen Sie, das ist schon irgendwie echt künstlerisch – und tja, ich habe in Kunst eine Fünf. Damit habe ich dann wohl überzeugend begründet, dass ich damit nichts zu tun habe. Muss ich das Argument jetzt noch stützen?«, sagte Mick, ganz ohne Ironie in der Stimme.

»Was … äh … wie … nein, das ist nicht nötig. Ich meine …«, stotterte Frau Severin.

Wir erfuhren nicht mehr, was sie eigentlich meinte.

Die Klasse brüllte, einige klatschten Mick sogar Beifall. Und Frau Severin sah aus, als würde sie gleich heulen. Das tat mir leid, denn eigentlich mochte ich sie ganz gerne. Sie war nett, noch fast jung, knapp über dreißig, und sie hatte tatsächlich Spaß an ihrem Beruf, was man von Zinn nicht gerade sagen konnte. Frau Severin war eine Lehrerin, die ihre Schüler wirklich mochte, die sie ernst nahm und sich nie über sie lustig machte, zumindest nicht absichtlich.

Aber auf Schüler wie Mick hatte man sie in ihrer tollen und langen Ausbildung nicht vorbereitet. Nur mühsam kriegte sie jetzt wieder die Kurve.

»Alexandra, gehst du bitte raus und siehst nach Beate?! Und wenn es geht, dann kommt ihr wieder rein.« Alexandra nickte, stand auf und begab sich auf die Suche.

»So, nun schlagt ihr das Buch auf Seite fünfunddreißig

auf und macht die Übung Nummer drei.« Ihre Stimme zitterte noch immer. Ob die anderen das auch gehört hatten?

An einigen Stellen wurde noch gekichert, getuschelt, aber die meisten hatten schon ihre Hefte und Bücher rausgeholt und angefangen zu schreiben. Die Show war vorbei. Frau Severin saß an ihrem Platz und tat, als würde sie angestrengt in ihrem Deutschbuch lesen. Dabei hielt sie es falsch herum, aber das merkte nur ich, weil sie ihr Buch direkt in meine Richtung hielt. Sie sah hoch, ich versuchte ein Lächeln, sie blickte einfach durch mich durch. Zum zweiten Mal war ich heute unsichtbar. Der Rest der Stunde verlief schweigend. Ab und zu wurde an einer Ecke gequatscht, aber Frau Severin, die sonst aufpasste wie ein Luchs, reagierte nicht. Erst als die Stunde zu Ende war und es klingelte, hörte sie auf, in ihr Buch zu starren, und stand auf. Jetzt war ihre Stimme wieder kräftig, das Zittern war verschwunden: »Ihr macht Aufgabe drei und vier zu Hause, wer schon fertig ist – umso besser. Und der Tafeldienst wird sofort das ›Kunstwerk‹ entfernen. Schönen Tag noch.«

Sie packte ihre Sachen, warf noch einen Blick zu Mick, kniff dabei die Augen zusammen, und ich hätte viel Geld dafür bezahlt, um zu wissen, was sie in diesem Moment gerade dachte. Und schon war sie draußen, die Tür fiel hinter ihr zu.

In der zweiten Stunde hatten wir Latein. Inzwischen war die blöde Beate zurück auf ihrem Platz und stopfte ein Snickers in sich rein. Gleichzeitig mit dem Gong ging die Tür auf. Zinn war pünktlich. Ich musterte ihn genau und hatte nur ein Wort im Kopf: Kinderficker, Kinderficker, Kinderficker …

Ob das noch immer an seiner Tür stand? Am Morgen bin ich auf dem Weg zur Schule an seinem Haus vorbeigekommen, aber es war noch so dunkel, dass ich nichts erkennen konnte. Ich hätte durch Zinns Vorgarten schleichen müssen. Bis zu seiner Haustür und mit der Nase ganz dicht an die Tür. Und was hätte ich ihm entgegnet, wenn er in diesem Moment die Tür geöffnet hätte, wenn er da vor mir gestanden hätte, sein zerknittertes Hemd in die Hose steckend, die Jacke noch über dem Arm, und gefragt hätte: »Was machst du hier?«

Hätte ich dann sagen sollen: »Ich wollte nur mal sehen, ob das ›Kinderficker‹, das Mick gestern an Ihre Haustür gesprüht hat, noch da ist«?

Herr Zinn stand vorne am Pult und ihm war nichts anzusehen. Absolut gar nichts. Na, was war auch schon passiert, meldete sich eine dünne Stimme in mir. Ein blöder Streich, ohne Bedeutung. Albern. Wie ein nasser Schwamm auf dem Lehrerstuhl. Ein Streich. Nichts weiter.

Aber eine andere, leider viel lautere Stimme in mir sagte: »Das ging zu weit! Das ist kein Streich mehr.« In den USA werden »Kinderficker« gelyncht, auch hier fragt man nicht lange, ob ein Verdacht stimmt, die Leute werden sagen: »Da wird schon was dran sein, warum sollte das sonst jemand schreiben, ist der nicht auch Lehrer? Da sitzt der ja an der Quelle, unfassbar, dabei sah der immer so harmlos aus, na, ein bisschen verschlagen fand ich den ja schon …«

Herr Zinn wollte die Hausaufgaben sehen. Allgemeines Gemaule.

»Boah, wir sind doch nicht acht!«, kam sofort von hinten.

»Wollen Sie auch sehen, ob wir schön geschrieben haben …«

»Ach Scheiße, heute habe ich die ausnahmsweise mal nicht …«

»O Mann …«

Herr Zinn ging rum und blieb dann vor Mick stehen. »Wo ist dein Heft?«, fragte Herr Zinn.

»Weiß ich nicht«, antwortete Mick ganz ruhig.

»Heißt das, du hast keine Hausaufgaben gemacht?« Und es war mehr eine Feststellung als eine Frage. Zinns Stimme bekam irgendwie eine andere Klangfarbe.

»Doch, natürlich habe ich meine Hausaufgaben gemacht, Herr Zinn«, entgegnete Mick extrem freundlich. Sofort wurden alle Gespräche im Raum eingestellt, nur vorne wurde noch gequatscht.

»Und wo sind dann deine Hausaufgaben?«, fragte Zinn genauso freundlich zurück.

»Die habe ich gestern mit Johannes zusammen gemacht«, sagte Mick und grinste freundlich in meine Richtung. »Hab ich nicht recht, JOHANNES?«, fragte Mick.

Mir blieb fast das Herz stehen. Woher weiß der, wie ich heiße??? Acht Jahre lang wusste der nicht, wie ich heiße!

Scheiße, Scheiße, Scheiße.

Herr Zinn sah nun zu mir. »Johannes«, fragte Herr Zinn, »stimmt das?« Ungläubigkeit war in seinem Gesicht zu erkennen. Für jeden sichtbar.

Und ich? Ich hatte einfach keine Wahl.

»Ja, das stimmt«, krächzte ich. Und verschluckte mich, musste husten. Ich räusperte mich und sagte dann, jetzt etwas lauter: »Ja, das stimmt.«

Aber es war nicht meine Stimme, die das sagte. Ich kannte diese Stimme gar nicht. Es war ein bisschen so, als würde ich da gerade neben mir stehen, den Kopf verwundert zur Seite neigen und auf mich heruntersehen und mich fragen: WAS ZUM TEUFEL MACHT DER TYP DA?

Mick sah mich schon gar nicht mehr an, seine ganze Aufmerksamkeit galt Zinn. Der kontrollierte nun sehr konzentriert meine Hausaufgabe. Mit verschränkten Armen, den Oberkörper zurückgelehnt, saß Mick auf seinem Stuhl und lächelte Zinn triumphierend an.

Und Herr Zinn? Was mochte in dem gerade vorgehen? Tja, die Schlacht hatte er mal wieder verloren, es sah nicht gut aus für Zinn, aber er war noch lange nicht bereit, den Krieg verloren zu geben.

Herr Zinn wandte seinen Blick ab und setzte seinen Unterricht fort, einfach so, als wäre nichts gewesen. Einfach so, als hätten nicht sechsundzwanzig Schüler gerade für sechzig Sekunden die Luft angehalten und erwartungsvoll auf ihren Stühlen gelauert. Es ging ganz normal weiter. Lateinunterricht.

Wir übersetzten aus dem »Gallischen Krieg«, sprachen über Cäsar, Herr Zinn erzählte von Cäsars Liebe zu Kleopatra, von Marc Anton. Als die Stunde zu Ende war, sagte Herr Zinn: »So, alle wiederholen bitte die Vokabeln vom Vokabelzettel bis Nummer neunundzwanzig, wir schreiben dann morgen einen Test.«

Alle packten ihre Sachen ein, wir mussten rüber in die Physik, aber erst mal war große Pause und Herr Zinn sagte: »David und Johannes bleiben bitte noch einen Moment hier.«

WAS??? Ich??? WIESO ICH??? Doch bitte nicht wegen der Hausaufgaben …

Als alle raus waren, stellte Herr Zinn nur eine Frage, aber eine, mit der ich nicht gerechnet hatte. »Johannes, warst du gestern dabei, als David meine Haustür besprüht hat?«

In mir stieg ein Gefühl von Panik auf, Übelkeit breitete sich aus. Meine Zunge klebte am Gaumen. Ich wusste nicht, was ich sagen sollte. Mein Kopf war leer, ich bekam keinen Gedanken zu fassen.

»Herr Zinn, das ist Verleumdung, was Sie da machen«, sagte Mick, bevor ich auch nur »piep« sagen konnte – und ich fand, dass das ein guter Satz war, Mick war ganz ruhig, und er fixierte Zinn, ohne mit der Wimper zu zucken.

»Nein, David, das ist keine Verleumdung. Man hat dich

gesehen«, sagte Herr Zinn und ging im Moment des Triumphes.

Am Mittag brachte Frau Wenner, die Schulsekretärin, die Einladungen zur Disziplinarkonferenz mit dem Thema »David Mickner/Sachbeschädigung« zur Post.

ARTILLERIEFEUER

Am nächsten Tag waren die Einladungen angekommen. Alle Lehrer, die uns unterrichteten, bekamen eine und so mancher wird sich wohl gedacht haben: »Na klar, der David, wer sonst!« Die Elternvertreter wurden eingeladen und die Schülervertreter. Außerdem mehrere Schüler als Zeugen, auch ich. Zeuge. Das hieß für mich im Moment nur: mittendrin im Schlamassel.

Noch am Donnerstagnachmittag war bei uns zu Hause eine Polizeistreife vorgefahren, die Beamten waren ausgestiegen, hatten ihre Mützen aufgesetzt und bei uns geklingelt. Meine Mutter war völlig perplex, ich nicht, denn ich stand am Fenster und sah sie kommen.

Nachdem meine Mutter sich einigermaßen von dem Schreck erholt hatte, bat sie die Beamten, eine Frau und einen Mann, herein und bot denen auch noch Kaffee an. Als ich hinunterkam, hatte die Frau bereits eine Tasse in der Hand.

Der Mann wandte sich an mich: »Johannes, hast du mal einen Moment Zeit für mich?«

»Habe ich eine Wahl?«, frage ich, sollte lustig klingen, klang nur muffelig. Mist.

»Eigentlich nicht«, sagte die Polizistin und lächelte mich offen an.

Und ich, ich musste mich entscheiden. Und schwieg.

Als ich in die Schule kam, hatte sich die Nachricht von der Klassenkonferenz schon wie ein Lauffeuer verbreitet, und zig Leute wollten von mir wissen, was da eigentlich vorgefallen war und was Mick sich wieder Cooles überlegt hatte. Jeder wusste etwas anderes zu berichten, einige behaupteten, Mick sei von der Polizei verhört worden, andere, Zinn habe Anzeige erstattet, aber keiner wusste so richtig, worum es eigentlich wirklich ging. Ich konnte kaum drei Schritte durch die langen Gänge gehen, ohne angesprochen zu werden, zum Teil von Leuten, die ich gar nicht kannte. Ich schüttelte immer nur den Kopf und brummte: »Lasst mich in Ruhe.«

Vor der ersten Stunde verzog ich mich auf die stinkenden Toiletten, hockte im Schneidersitz auf dem Klodeckel und wartete nur darauf, dass es klingelte. Endlich klingelte es das erste Mal, dann blieben noch zwei Minuten, um das Klassenzimmer zu erreichen, bevor es das zweite Mal gongte. Alles war wie immer. Und nichts war wie zuvor.

Ich weiß nicht, warum, aber ich war mir hundertprozentig sicher gewesen, dass man Mick suspendieren würde, bis die Konferenz entschieden hatte, was mit ihm zu geschehen sei. Immerhin hatten sie den Termin in Turboge-schwindigkeit auf den kommenden Dienstag um siebzehn Uhr festgelegt. Da war es doch kein Thema, wenn Mick mal zwei Tage kostbaren Unterricht verpasste.

Aber ich hatte mich getäuscht. Mick saß auf seinem Platz, als ich reinkam, er hob nur kurz den Kopf, sah mich an oder besser gesagt durch mich durch und dann sofort wieder auf sein Handy, aus dem Hip-Hop-Rhythmen von *2Pac* drangen.

Ich ging schnell auf meinen Platz, bevor noch irgendjemand auf die Idee kommen konnte, mich hier vor Micks Augen und Ohren wegen der Konferenz auszuquetschen. Bestimmt traute sich kein Mensch, Mick so blöd von der Seite anzuquatschen. Natürlich nicht, war ja keiner lebensmüde. Da fragten sie lieber mich, den Zeugen.

Vorbei waren die Tage der Unsichtbarkeit.

Konnte es noch schlimmer werden? Sicher.

Ich hatte endlich meinen Platz erreicht und blieb verdutzt stehen. Da saß Thomas auf meinem Platz! So ganz selbstverständlich.

Ich schluckte schwer.

Endlich blickte Thomas auf. »Is' was?«

»Du sitzt auf meinem Platz.«

»Entschuldige, wenn ich korrigiere, Johannes, aber das ist nicht dein Platz, das WAR dein Platz.«

Ich sah ihn fragend an.

Thomas seufzte theatralisch auf. »Boah, du Spast, es gibt eine neue Sitzordnung und jetzt schwirr ab.«

Ich wusste nichts von 'ner neuen Sitzordnung und sah mich unsicher um. Ich war mir sicher, dass alle Blicke auf mich gerichtet waren, aber dem war nicht so. Jeder schien irgendwas Wichtiges zu tun zu haben.

Ich ließ meinen Blick durch die Klasse gleiten und endlich sah ich einen leeren Stuhl.

Ohne von seinem Handy aufzusehen, zog Mick den Stuhl neben sich nach hinten und klopfte mit der linken Hand zweimal kurz auf den Sitz. Ich musste unwillkürlich an das Kinderspiel »Mein rechter, rechter Platz ist frei« denken. Aber niemand hatte mich gefragt, ob ich mitspielen wollte. Und das Schlimmste war: Ich kannte die Regeln nicht.

ABSCHUSS?

Ich hatte es tatsächlich geschafft, mit Mick zwei Tage lang kein einziges Wort zu reden. Immer wenn es gongte, holte ich mein Buch über Astronomie heraus, das meine Eltern mir zum Geburtstag geschenkt hatten, und betrachtete die Sternbilder. Und Mick ließ mich in Ruhe. Er sprach mich nicht an, sah mich nur immer wieder durchdringend an. Manchmal hatte ich das Gefühl, er wollte etwas sagen, aber dann überlegte er es sich anscheinend anders und schwieg.

Und ich fragte mich die ganze Zeit, was er bloß vorhatte.

Die Konferenz begann um siebzehn Uhr. Die Schülervertreter und die Vertreter der Elternschaft standen vor der verschlossenen Tür des Lehrerzimmers und konnten nur durch die Scheibe in den großen Raum sehen, in dem sich bereits mehrere Lehrer versammelt hatten. Punkt siebzehn Uhr wurde die Tür aufgeschlossen und wir gingen hinein. Am Kopfende des langen Tisches hatte sich der Schulleiter aufgebaut, rechts daneben Frau Schmagul, die Chemielehrerin, die man anscheinend zum Protokollschreiben abgestellt hatte, auf der anderen Seite Frau

Linge, unsere Klassenlehrerin. Herr Zinn saß einen Platz weiter, aber auf der langen Tischseite. Neben sich und gegenüber zahlreiche Kollegen. Die Eltern und Schüler nahmen die freien Plätze ein. Mick setzte sich an das gegenüberliegende Kopfende. Ich musste unwillkürlich an Barbara Salesch auf SAT.1 denken.

Ich flog mit den Augen über die Anwesenden und suchte Micks Eltern, aber ich konnte sie nicht finden. Ich traute mich nicht, direkt in Micks Richtung zu sehen.

Stattdessen tat ich so, als würde ich etwas schreiben, und schielte dann vorsichtig zu ihm.

Mick saß ganz gerade auf seinem Platz. Das schwarze Kapuzenshirt, das er am Morgen getragen hatte, hatte er gegen einen grauen Pullover mit V-Ausschnitt eingetauscht. Die superkurzen Haare waren nicht mehr als ein Schatten auf seinem Kopf.

Er sah tatsächlich aus wie der nette Junge von nebenan, fast schon unscheinbar. Er saß da, ganz ruhig und lächelte ein wenig, kaum merklich.

»So«, erscholl auf einmal die Stimme von Dr. Renner, unserem Schulleiter, »es ist jetzt siebzehn Uhr fünf, ich denke, wir können dann anfangen. Ich begrüße Sie und euch ganz herzlich zur Klassenkonferenz der 9l. Wir sind hier aus einem unerfreulichen Anlass zusammengekommen. David Mickner …«, Dr. Renner nickte in Micks Richtung, »… wird vorgeworfen, am zweiten November dieses Jahres die Haustür seines Lateinlehrers beschädigt zu haben. Alles Weitere wird Frau Linge Ihnen nun vortragen.

Im Anschluss hat dann David Gelegenheit, sich zur Sache zu äußern. Die Zeugen werden zur Sache gehört, und natürlich haben die Eltern- und Schülervertreter das Recht, Fragen zu stellen oder sich zur Sache zu äußern.«

Er machte eine kurze Pause und sprach dann weiter. »Davids Eltern ist es heute leider nicht möglich, teilzunehmen, sie lassen sich entschuldigen. Wichtige Termine verhindern ihr Erscheinen.« Auch wenn Dr. Renner darum bemüht war, sich nichts anmerken zu lassen, so war doch deutlich, was er von dieser Prioritätensetzung im Hause Mickner hielt. Wie konnten die irgendwelchen Geschäftsterminen nachgehen, während sich das halbe Lehrerkollegium hier mit ihrem missratenen Sprössling herumärgern musste? Eine Frechheit war das. Na, passte ja. Der Apfel fällt halt nicht weit vom Stamm.

Dr. Renner setzte sich wieder und ließ ab jetzt Mick nicht aus den Augen. Durchdringend sah er Mick an, Mick ignorierte seinen Blick und richtete seine ganze Aufmerksamkeit auf Frau Linge, die nun begann, Micks Persönlichkeit zu beschreiben und zu erklären, was ihm vorgeworfen wurde. Der Sachverhalt der Sachbeschädigung wurde kurz geschildert; eine Nachbarin habe Mick in der Straße gesehen, er war ihr aufgefallen, weil sie ihn nicht kannte, deshalb war sie dann später noch mal ans Fenster getreten und hatte sich gewundert, was dieser fremde Junge auf dem Grundstück von Herrn Zinn zu suchen hatte. Weil sie viel von guter Nachbarschaft hielt, hatte sie die Polizei gerufen, um einen potenziellen Einbruch zu verhindern. Als die Polizei angekommen war, war Mick längst weg, na, teilweise kannte ich die Geschichte ja schon. Diese Nachbarin war es gewesen, die mich in die Sache reingezogen hatte, denn sie hatte beobachtet, wie Mick und ich uns unterhielten, und der Polizei meinen Namen genannt. Ich wusste, dass diese Nachbarin nur Frau Reisig gewesen sein konnte.

Frau Linge schilderte völlig emotionslos den Vorgang und man konnte ihr wirklich nicht vorwerfen, parteiisch zu sein. Auch die bisherigen Erfahrungen mit Mick schilderte sie so neutral wie möglich und wies darauf hin, dass Mick zwar immer wieder durch Verstöße gegen die Disziplin aufgefallen war, aber keinen Eintrag einer Ordnungsstrafe in seiner Schülerakte hatte.

Mick sei ein Junge, der sehr selbstbewusst sei und Schwierigkeiten habe, Autoritäten anzuerkennen. Es gehe nun darum, den Sachverhalt zu klären und gegebenenfalls über erzieherische Maßnahmen nachzudenken, auch Ordnungsstrafen seien möglich. Wichtig sei es aber, darauf hinzuweisen, dass die Konferenz keine juristische Entscheidung zu treffen hätte, sondern vor allem eine pädagogische. Die juristische Vorgehensweise spiele hier keine Rolle. David habe als Schüler dieser Schule einen Lehrer dieser Schule beleidigt und dessen Eigentum beschädigt und daher müsse auch die Schule auf dieses Verhalten mit ihren eigenen Mitteln reagieren. Frau Linge endete mit diesen Worten und sah dann auffordernd zu Dr. Renner.

Der räusperte sich und sagte schließlich: »Ja, danke, Frau Linge, ich glaube, wir haben jetzt einen guten Überblick bekommen.«

Er nickte Frau Linge lächelnd zu und wandte sich dann – nun nicht mehr lächelnd – Mick zu.

»So, David, du hast die Vorwürfe gehört. Möchtest du dich dazu äußern?«

»Ja, gerne«, entgegnete Mick.

»Gut, dann hast du nun das Wort.«

Mick sah in die Runde, als er zu sprechen begann. »Erst mal danke ich Frau Linge für die Mühe, die sie sich gemacht hat, all diese Informationen zusammenzutragen und uns so objektiv vorzustellen.«

Ich blickte auf, aber da war kein Hohn in Micks Gesicht, auch seine Stimme verströmte keine Ironie.

»Es stimmt natürlich, dass ich an diesem Tag in dem Garten von Herrn Zinn war. Ich war mit dem Fahrrad unterwegs, ein bisschen rumfahren, und dann wollte ich mal wissen, wie Herr Zinn so wohnt. Ich war ganz überrascht, dass das so ein großes Haus ist, wo doch Herr Zinn … «, er sah Zinn direkt in die Augen, »… alleine wohnt, seit ihn seine Frau verlassen hat.«

Dr. Renner sah Mick warnend an.

»Und ich dachte, ich sehe mir das Haus mal näher an. Natürlich hätte ich das Grundstück nicht betreten dürfen, das weiß ich heute, aber ich war neugierig.« Mick sah schulterzuckend in die Runde. »Ich habe nicht nachgedacht. Und als ich in den Garten komme, sehe ich, dass da irgendein Vandale ›Kinderficker‹ an Herrn Zinns Tür geschrieben hat.«

»Das ist doch die Höhe«, entrüstete sich Herr Zinn.

»Entschuldigen Sie, Herr Zinn, aber im Moment hat David das Wort. Sie können sich dann gleich noch äußern«, unterbrach Dr. Renner.

»Und ich denke noch, dass das ganz schön krass ist, und in dem Moment kommt Johannes mit den Zeitungen vorbei und ich sage zu ihm: ›Mensch, Johannes, guck mal, haste das gesehen?‹ Und Johannes war auch ganz fassungslos. Tja, und das war's schon.« Mick zuckte mit den Schultern. »Mehr ist nicht passiert. Ich habe auch keinen weglaufen sehen oder so.«

Ich konnte es nicht glauben! Der log, ohne auch nur mit der Wimper zu zucken!

»Warum hast du denn nicht die Polizei gerufen?«, fragte Dr. Renner.

Gute Frage, dachte ich und sah erwartungsvoll zu Mick.

»Na ja, ich weiß, das hätte ich machen müssen, aber ich hatte am Morgen ein bisschen Streit mit Herrn Zinn und … ach, ich weiß, das ist gemein von mir, aber … na ja … irgendwie habe ich ihm das gegönnt, dass das da steht. Jetzt tut mir das natürlich leid.«

Das konnte doch nicht wahr sein! Ich hatte das Gefühl, dass ich im falschen Film war. Was war da los? Die wollten Mick doch wohl nicht mit dieser haarsträubenden Geschichte durchkommen lassen?!

Im Folgenden schilderte Zinn die Auseinandersetzungen der letzten Wochen, Dr. Renner berichtete noch mal von dem Gespräch mit der Nachbarin, die netterweise gestern in der Schule erschienen war und ihm geholfen hatte, «etwas Licht ins Dunkel» zu bringen. Sie konnte allerdings nur davon berichten, Mick im Garten gesehen zu haben. Beim Sprayen hatte sie ihn nicht gesehen. Anhand eines Jahrbuches, das Dr. Renner ihr vorgelegt hatte, hatte sie Mick sofort wiedererkannt.

Danach stellten zwei Elternvertreter und der Musiklehrer noch Fragen zu dem genauen Ablauf, dann wandte sich Dr. Renner an mich.

»Johannes, du siehst, wir haben etwas Schwierigkeiten, uns vorzustellen, dass David zufällig gerade an dem Tag in Herrn Zinns Garten spaziert, an dem jemand Herrn Zinn derart verunglimpft und seine Tür beschmiert hat. Vielleicht kannst du uns mal schildern, wie du dich an diese Begegnung mit David erinnerst.«

Mein Pulsschlag beschleunigte sich. Ich sah zu Zinn, dann zu Mick, dann zu Dr. Renner, dann wieder zu Zinn. Und ich sah auf einmal wieder Mick unter dem Baum. »Peng.«

»Es war so, wie Mick, ich meine David, gesagt hat«, sagte ich kaum hörbar.

»Ja, das mag ja sein, aber wir würden es gerne noch mal von DIR hören.«

Mir brach der Schweiß aus allen Poren, meine Zunge lag schwer in meinem Mund. Ich schluckte und räusperte mich und erzählte die Geschichte, so wie es gewesen war, ich ließ nur ein paar Kleinigkeiten weg, die Spraydose, Micks Drohung und die Tatsache, dass es Mick war, der das Wort »Kinderficker« an Zinns Haustür gesprüht hatte, und bestätigte seine Version. Ich versuchte, mir nichts anmerken zu lassen, aber mein Herz raste. Ich war mir sicher, jeder müsse meinen Pulsschlag hören.

Als ich meinen kurzen Bericht beendet hatte, sah mich Dr. Renner ernst an. »Johannes, ist dir klar, was du hier sagst?«

Ich atmete tief ein und wieder aus und sagte »Ja«, ohne aufzusehen, ich starrte auf die Tischplatte vor mir.

Dr. Renner sah mich sicherlich an, aber ich hob den Kopf nicht. Dann fragte Dr. Renner die Schülervertreter, ob es von ihrer Seite noch Ergänzungen gebe. Es gab keine. Dr. Renner erkundigte sich bei den Schülern noch einmal gezielt nach dem Verhältnis von Zinn und Mick. Nur widerwillig antwortete Maike, die direkt angesprochen wurde, dass das Verhältnis halt nicht besonders gut sei, und das sei auch kein Geheimnis. Weiter konnte oder wollte sie nichts sagen, auch nicht erklären, wie sich das bemerkbar machte. Maike war klar, dass sie Herrn Zinn weiterhin in Latein und Geschichte und Mick im Nacken haben würde.

Dr. Renner bedankte sich fürs Erste bei allen Beteiligten und erklärte das weitere Prozedere:

»Das Kollegium wird sich nun beraten. Ich weise noch mal darauf hin, dass wir kein Gericht sind, es gibt keinen Staatsanwalt, keine Beweisaufnahme. Wir entscheiden danach, was uns überzeugt hat und uns glaubwürdig erschien, und werden dann beschließen, wie es weitergehen wird. Ich bitte die Schüler und Eltern, so lange draußen zu warten. Wir werden Sie wieder hereinholen, sobald wir zu einer Entscheidung gekommen sind.«

Die Beratung dauerte sehr lange, fast zwei Stunden, zwischendurch drangen mal laute Stimmen nach draußen, es wurde wohl heftig diskutiert. Verstehen konnte man aber nichts. Wir anderen verteilten uns im Flur, Mick war außer Sichtweite, und ich tat so, als würde ich die Aushänge am Schwarzen Brett studieren. Schließlich kam Frau Linge nach draußen und sagte: »Kommen Sie bitte wieder herein.«

Ich war nervös. Wie auch immer entschieden worden war, ich hoffte, dass damit die Sache endlich für mich erledigt wäre.

Mick musste zum Schulleiter nach vorne und durfte sich auch nicht setzen. Auch Dr. Renner blieb stehen.

Dr. Renner räusperte sich und wandte sich direkt an Mick. »David, wir haben sehr lange darüber diskutiert, wie wir den Sachverhalt beurteilen. Wir sind nicht die Polizei, wir müssen nicht stichhaltig etwas beweisen oder Alibis bewerten. Wir haben gemeinsam überlegt, was uns plausibel erscheint und wer uns überzeugend erschien. Nun, ich will es kurz machen. Die Tatsache, dass du an ebenjenem Tag in Herrn Zinns Garten warst, als dort die Haustür beschädigt wurde, wird doch mehr als ein Zufall sein. Dazu kommt noch, dass du schon seit Wochen einen Kleinkrieg mit Herrn Zinn auszutragen scheinst, was dann wohl so etwas wie ein Motiv ist. Wir sind der Überzeugung, dass du dieses scheußliche Wort, das so ausgesprochen infam und diffamierend ist, an Herrn Zinns Tür gesprüht hast. Und wir sind auch der Ansicht, dass Johannes ...«, er wandte sich nun kurz zu mir, »... dich dabei gesehen hat, aber nun lügt, um dich zu schützen. Sicherlich nicht aus Freundschaft, sondern vielmehr aus Angst.

Wir sind daher zu dem Schluss gekommen, dass du auf übelste Weise einem Lehrer nicht nur ausgesprochen respektlos begegnet bist, sondern man dir das Vergehen der Sachbeschädigung und der Beleidigung vorwerfen kann. Wir glauben auch, dass die Polizei zu derselben Entscheidung kommen wird. Wir haben für uns hier beschlossen, dass du eine Grenze weit überschritten hast und dass das harte Strafen nach sich ziehen muss. Wir haben daher entschieden, dass wir dir den Verweis von der Schule androhen werden, das ist eine sehr hohe Ordnungsstrafe. Sie bedeutet, solltest du auch nur noch ein Mal negativ auffallen, in welcher Form auch immer, wirst du diese Schule verlassen. Auf der Stelle. Da dies aber eine Strafe ist, die du nicht spürst, haben wir dazu noch entschieden, eine Erziehungsmaßnahme zu verhängen. Wir wissen natürlich, dass du bei Herrn Eichholz Hockeytraining hast und dass dein Herz an diesem Sport und an dieser Mannschaft hängt. Obwohl du in einer Mannschaft sicherlich Dinge wie Teamgeist und Fairness lernen kannst, sind wir doch der Meinung, dass wir hier ansetzen müssen.

Du hast ein – milde gesagt – unsportliches Verhalten an den Tag gelegt und wirst mit sofortiger Wirkung aus der Schulmannschaft ausgeschlossen.«

Peng! Das war ein Ding!

Ich sah zu Mick, der stand bewegungslos da, nur seine Kiefer mahlten, als würde er ein imaginäres Kaugummi bearbeiten.

Das mit der Mannschaft war ein Schlag für Mick. Hockey war nicht Fußball. Es gab eben nicht an jeder Ecke 'ne Hockeymannschaft. Der nächste Hockeyverein war fast fünfzig Kilometer entfernt und für Mick, der noch keinen Führerschein hatte, unerreichbar. Jeden Tag, wenn ich nach der Schule nach Hause ging, hatte ich ihn entweder beim Training mit der Mannschaft oder hinten in der Turnhalle gesehen. Und wenn Mick irgendwas konnte, dann war es Hockey spielen. Da hatten sie tatsächlich etwas gefunden, das Mick traf. Es war ein Volltreffer.

»Wir hoffen sehr, dass Herr Zinn und du den Konflikt beilegen könnt und dass du in Zukunft wieder ein vernünftiges Mitglied dieser Schule sein wirst. Wir werden dir nichts nachtragen und gehen davon aus, dass du in drei Jahren hier dein Abitur machen wirst.«

Damit schloss Dr. Renner, nickte Frau Linge zu, dankte allen Anwesenden für ihr Kommen und wandte sich der Protokollantin zu. Die Lehrer, Eltern- und Schülervertreter verließen den Raum. Ich blieb noch auf meinem Stuhl sitzen, ich wollte erst warten, bis Mick weg war. Der ging zur Tür, ohne auch nur mit einem der Schüler ein Wort zu wechseln. Vor der Tür drehte er sich noch mal um und sah zu Zinn. Der stand gerade mit dem Rücken zu ihm und sah daher nicht, dass Mick ihn taxierte. Abgrundtiefer Hass lag in diesem Blick.

DAS ATTENTAT

Ich konnte mir nicht vorstellen, wie Mick im Latein- und Geschichtsunterricht von Herrn Zinn sitzen sollte – als wäre nie etwas gewesen. Ich konnte mir das genauso wenig vorstellen wie Dr. Renner, der Herrn Zinn anbot, ihn aus der Klasse zu nehmen. Ich war nicht dabei, aber die Gerüchteküche der Schule brodelte schon am nächsten Morgen, und in Anbetracht der Vielzahl dieser Gerüchte stand schon nach kurzer Zeit fest, dass es dieses Angebot tatsächlich gegeben hatte, und auch, dass Zinn es abgelehnt hatte.

Sicherlich hatte er so etwas gesagt wie: »Ich werde vor diesem kleinen Arschloch nicht den Schwanz einziehen.«

Also trat das Unfassbare ein: Zinn und Mick begegneten sich wieder im Unterricht. Allerdings unter neuen Voraussetzungen: Mick musste den Ball ganz flach halten. Jedes Aufmucken konnte von nun an mit dem Schulverweis geahndet werden.

Und jedem Beteiligten war klar, dass Zinn diese Schlacht gewonnen hatte. Aber Mick dachte nicht im Traum daran, den Krieg zu verlieren.

Und ich? Leider hatte niemand MICH gefragt, ob ich

nicht die Klasse wechseln möchte. Es war ein bisschen so, als hätte ich die ganze Zeit einen Umhang getragen, der mich unsichtbar machte, und dann hatte ihn mir jemand weggerissen und er war unwiederbringlich verloren.

Auf einmal sprachen mich Leute an, wollten wissen, was da auf der Konferenz passiert sei, ob Mick wohl fliegen würde, was ich denn damit zu tun hätte, was da zwischen Mick und dem Zinn abginge und und und – immer mit einer Mischung aus Ehrfurcht und Verwunderung. Irgendwie passte das für sie nicht zusammen: Johannes und der tonangebende Mick. Für mich passte das noch viel weniger zusammen. Auch meine Mutter wunderte sich, was mit mir los war. Immer häufiger fragte sie nun beim Mittagessen, während sie mir den Kartoffelbrei und die Möhren auf den Teller schaufelte: »Was ist denn, mein Jojo? Irgendwas ist doch. Bedrückt dich was?« Und da war dann immer dieser verständnisvolle Mutterblick, der Blick, der sagte: Du kannst mir doch alles erzählen. Alles. Und da war etwas in mir, das sich am liebsten in ihre Arme geflüchtet hätte, sich in ihre Strickjacke gekuschelt hätte, die nach Lenor und auch ein bisschen nach Niveacreme roch, aber natürlich war die Strickjackenzeit längst vorbei. Und mal ganz abgesehen davon, was hätte ich schon erzählen sollen? Hey, Mama, ich habe für einen Jungen gelogen, den ich kaum kenne, aber vor dem ich so viel Schiss habe wie vor keinem anderen Menschen. Hätte ich das sagen sollen?

Die Sitzordnung war am nächsten Tag wieder die alte

und ich beobachtete Mick mehrmals aus den Augenwinkeln. Er hatte seit der Konferenz nicht mehr mit mir gesprochen. Sich auch nicht bedankt dafür, dass ich für ihn gelogen hatte. Ja, tatsächlich hätte ich so etwas wie Dankbarkeit erwartet. Das war natürlich völlig absurd. Mir wurde noch immer schlecht, wenn ich daran dachte, dass ich meine Eltern, die Polizei, die Lehrer und Dr. Renner belogen hatte. Ich hatte das Gefühl, als sei ich ein kleines Insekt, das sich in den klebrigen Fäden eines Spinnennetzes verfangen hatte. Ich sah die Spinne nur aus der Entfernung, aber ich hatte mich in ihren Fäden so verheddert, dass ich nicht wusste, ob ich jemals entkommen konnte. Und ich hatte das Gefühl, je mehr ich es versuchen würde, umso enger würde sich die Schlinge um meinen Hals legen.

Außerhalb des Unterrichts sah ich Mick nicht, in den Pausen verschwand er irgendwohin zum Rauchen, und tatsächlich hätte sich wohl so etwas wie Normalität eingestellt, wenn nicht die Latein- und Geschichtsstunden gewesen wären.

In Latein stand uns nun der »Gallische Krieg« von Cäsar bevor, Lektüre. Für viele war das der blanke Horror, nicht aber für mich, ich freute mich auf die Geschichten, die Cäsar zu erzählen hatte. Geschichte fand ich eigentlich spannend, und so wie ich den Zinn kannte, würde der immer wieder etwas Historisches einstreuen.

Und so kam es dann auch. Zinn begann mit der Person

Julius Cäsar, er erzählte von dem Triumvirat, dem Dreibund, zu dem Cäsar gehört hatte, berichtete von Pompejus, dem erfolgreichen Feldherrn und Weggefährten Cäsars, und von Crassus, dem reichsten Mann Roms, und wieder von Cäsar selbst.

Zinn erklärte uns, dass Cäsar ein charismatischer Mann gewesen war, ein siegreicher Feldherr, aber auch ein Tyrann, ein Diktator. Zunehmend habe er die republikanischen Traditionen mit Füßen getreten, die Mitglieder des Senats verachtet und die Traditionen ignoriert. So hätten sich dann einige Senatoren verschworen, um Rom vom Tyrannen zu befreien.

Zinn legte eine Folie auf: Cäsars Tod im Senat. Blutend brach auf diesem Bild Cäsar unter den Messerstichen der Verschwörer zusammen. Eines musste man dem Zinn lassen, er war zwar menschlich ein Totalausfall, aber Geschichten konnte er erzählen und so erzählte er von diesem Morgen im Senat, von der Verschwörung und von Cäsars Ziehsohn Brutus, er schilderte uns Cäsars letzte Monate in schillernden Farben und ließ auch nicht seine Affäre mit Kleopatra aus. Gebannt folgten wir ihm ins alte Rom, nein, ich muss mich korrigieren, ICH folgte ihm, Frank hinten schlief und Mick spielte mit irgendetwas in seiner Hosentasche und lächelte vor sich hin. Ich sah ihn an. Seine Augen ruhten auf Zinn, fast milde, nachsichtig, und da fiel mir auf, was mich eben schon gestört hatte: Mick lächelte, aber seine Augen lächelten nicht.

Als ich an diesem Mittag aus dem Schulgebäude trat, war irgendetwas anders als sonst, ich kann das ganz schlecht erklären, das war so ein Gefühl, als ob sich etwas zusammenbraute, als ob irgendetwas in der Luft lag. Ich stand auf der Treppe vor dem Haupteingang, links davon war die große Wiese, die dringend mal wieder gemäht werden musste. Eben fuhren die letzten Schüler an mir vorbei, ich war spät dran.

Nun stand ich da und sah auf den Parkplatz, der sich vor mir erstreckte. Dort standen sie, die Autos unserer Pädagogen. Und das Gefühl, dass da irgendwas nicht stimmte, blieb. Ich zog meinen Rucksack enger und klemmte die Kunstmappe unter den Arm. Langsam ging ich die Stufen runter und näherte mich den Autos. Gleich vorne stand der Golf von Herrn Zinn, und jetzt sah ich, was mir eigenartig vorgekommen war. Der Wagen lag niedriger als die anderen Fahrzeuge. Das lag daran, dass bei den anderen Autos nicht alle vier Reifen aufgestochen waren. Ich ging langsam um den Golf herum. Auf der Motorhaube war etwas eingeritzt: »SPQR«. Mir stockte der Atem, ich kannte diese Abkürzung, oft war sie mir im Lateinunterricht begegnet: Senatus Populusque Romanus. Senat und Volk von Rom.

Ab jetzt gab es keine Regeln mehr.

OHNE GENFER KONVENTIONEN

In jedem Krieg, auf jedem Schlachtfeld gibt es im Zeitalter der Zivilisation Regeln; seit den Erfahrungen des Ersten Weltkrieges gibt es die Genfer Konventionen. Auch wenn heute die Menschen mit Äxten, mit Giftgas oder mit Bomben aufeinander losgehen, so gibt es doch Regeln, die festlegen, welche Art des Tötens, des Quälens legitim ist und welche nicht. Und die Vereinten Nationen haben sogar Kriterien für einen gerechten Krieg festgelegt. Zwischen Mick und Zinn gab es keine Genfer Konventionen. Zinn hatte inzwischen erkannt, dass er in Mick einen Gegner hatte, dem mit den schulischen und gesetzlichen Mitteln einfach nicht beizukommen war. Obwohl Zinn Mick schon zwei Mal angezeigt hatte, war es zu keinen Strafverfahren gekommen.

Mick war für Zinn ein Arschloch. Und es war wohl auf keinen Fall mit Zinns Verständnis von der eigenen Autorität zu vereinbaren, dass Mick ihn in die Knie zwang. Und so beschloss Zinn, Mick endgültig fertigzumachen. Im Unterricht tat Zinn anfangs sein Bestes, für jeden Satz, für jede Regung erntete Mick eine Bemerkung von Zinn, die ihn als Idioten darstellen sollte. Aber Mick reagierte einfach nicht auf Zinns beißende Ironie, jede Beleidigung, jeder Spruch perlte an ihm ab, und mit der Zeit wurden die Lacher weniger, die Zinns Spott lange unterstützt hatten, bald hoben nur noch wenige müde lächelnd die Mundwinkel, wenn er seine verbalen Schnellschüsse abfeuerte. Wenig später blieb dann jede Reaktion aus und auch Zinn wirkte irgendwie müde, war aber weit entfernt davon, Mick in Ruhe zu lassen. Und auch Mick ließ keinen Zweifel daran, dass er Zinn bei der erstbesten Gelegenheit zerstören würde.

Meine Hoffnung, dass dieser elende Konflikt im Laufe der Zeit einfach im Sande verlaufen würde, musste ich begraben. Der Hass zwischen den beiden war greifbar, und ich beschloss, wieder mit dem Beten anzufangen. Ich musste Gott oder das Etwas, das ich für Gott hielt, unbedingt anflehen, mich nicht noch einmal zwischen die Fronten zu schicken, ich wollte endlich in Frieden gelassen werden.

Und Zinn wird lange überlegt haben, wie er Mick treffen könnte. Vor schulischen Drohungen, z. B. einem Verweis, fürchtete sich Mick längst nicht mehr, es war vielleicht ärgerlich und unbequem, ein heftiger Schlag war es jedoch nicht. Und Zinn suchte nach etwas, das RICHTIG wehtat. So etwas zu finden, war bei Mick gar nicht so einfach, mit Strafen konnte man Mick nicht beeindrucken, mit einem Appell an Vernunft oder Fairness schon gar nicht. Es gab auch eigentlich nichts, was man ihm wegnehmen konnte, denn es gab nichts, woran sein Herz hing. Bis auf seinen Sport.

Mick hatte der Ausschluss aus dem Team sichtbar getroffen, damit war die Teilnahme an »Jugend trainiert für Olympia« in weite Ferne gerückt. Auch die Chance, von einem der Talentscouts, die im Herbst wie Raubvögel über die Hockeyfelder zogen, entdeckt zu werden, war dadurch äußerst gering. Aber die Hoffnung stirbt ja bekanntlich zuletzt.

Mick hatte auch nach der Disziplinarkonferenz und dem Rausschmiss aus dem Schulteam weiter verbissen auf dem Schulgelände trainiert und er war ganz oft beim Lauftraining, beim Seilspringen oder im Fitnessraum der Schule. Manchmal, wenn ich morgens sehr früh dran war, sah ich Mick laufen. Er lief auf dem Sportplatz, Runde um Runde, ganz allein. Dazwischen immer wieder Sprint, dann Slalom. In seinem grauen Jogginganzug, ich musste unwillkürlich an Rocky Balboa denken. Das war ein seltsames Bild, manchmal war es noch nebelig und dann durchschnitt eine Gestalt die Nebelschwaden und Mick lief Runde um Runde. Es war ganz still, wenn er an der Stelle vorbeikam, wo ich unter einem Baum hinter dem Zaun stand und ihm zusah, dann konnte ich seinen Atem hören, er keuchte, aber auch das tat er regelmäßig – Mick war fit, obwohl er rauchte. Und er trainierte wirklich hart, ich konnte fast spüren, wie jeder Schritt, jedes Slalomtraining, jeder Liegestütz, jedes Ausdauertraining für Mick ein kleiner Sieg über Zinn war.

Es hätte nicht zu Mick gepasst, hier klein beizugeben. Zinn hatte ihm die Teilnahme am Training des Schulteams versaut, aber die Teilnahme an den Probespielen war nicht an das Schulteam geknüpft. Bis jetzt hatte es zwar noch kein Testspiel gegeben, an dem nicht ausschließlich die Schulmannschaft teilgenommen hatte, aber theoretisch war es möglich, auch als Nichtmitglied an der Auswahl teilzunehmen; die einzige Bedingung für die Teilnahme bestand darin, dass man Schüler dieser Schule war. Mick hatte es vermutlich in den Satzungen nachgelesen, es gab dieses Schlupfloch, die Aufstellung der Mannschaft wurde ausgelost, nicht vom Trainer der Schulmannschaft bestimmt. Das war Micks Chance. Und Mick hatte Glück.

Für die erste Woche im Februar hatte sich Gerald Terwein angekündigt, Trainer der U18-Mannschaft des deutschen Nationalteams und viele Jahre Trainer des Erstligisten *Blau-Weiß-München*, DER Jugendschmiede schlechthin. Die Spieler, die bei Olympia antraten, waren zuvor viele Jahre dort gefördert worden. Terwein hatte den Beinamen »Trüffelschwein« bekommen, weil es ihm in den letzten Jahren immer wieder gelungen war, in der Provinz auf »Trüffel« zu stoßen, also auf Jungen und Mädchen, die über herausragendes Talent verfügten und die innerhalb eines Jahres zu Profisportlern wurden. In der Schule sprach sich rasend schnell unter den Sportlern herum, dass Terwein nun an das Marie-Curie-Gymnasium kommen würde, und zwei Herzen freuten sich wie irre: Micks, weil das endlich seine Chance war, und Zinns, weil das endlich die Chance war, Mick so richtig fertigzu-machen.

GAME OVER

Die Nachricht, dass Terwein kommen würde, war nur für eingefleischte Hockeyfans eine Sensation, »normale« Menschen sagten nur: »Terwein, wer ist das denn?« oder: »Terwein, ist der irgendwie wichtig oder so?«

Zinn gehörte – zumindest in dieser Hinsicht – zu den »normalen« Menschen. Er hörte das erste Mal auf dem Schulhof während einer Aufsicht davon, so wie ich, denn ich musste das Scheißaltpapier runterbringen, weil ich in dieser Woche den Tafeldienst hatte.

Die Pausenaufsicht war eigentlich ein Witz. Unser Schulhof war riesig, oben Beton, dann eine Treppe, die zu den Basketballkörben führte, links ging der Schulhof hinter einem kleinen Erdwall noch weiter, da lagen noch zwei Volleyballfelder. Dazwischen Bäume und Büsche, die den Betonplatz wohl auflockern sollten. Gerade weil der Hof so unübersichtlich war, waren immer drei Lehrer zur Aufsicht eingeteilt, die sollten sich nämlich jeweils in einem Bereich bewegen. Viele dachten aber gar nicht daran, die blieben lieber zusammen stehen, nutzten die Zeit für ein Schwätzchen und bekamen gar nicht mit, wie der dicke Dirk aus der Achten dem kleinen Tim aus der Sechsten aus Versehen den Ball ins Gesicht donnerte, dass das Blut nur so spritzte. Die Lehrer bekamen auch nicht mit, wie der sozial gestörte Mark seinem Mitschüler Marius ein Bein stellte, dass der aufs Gesicht fiel und ihm ein Vorderzahn rausbrach. Wie schon gesagt: Die Aufsicht war ein Witz!

Und so standen auch an diesem Tag die drei Oberpädagogen zusammen und unterhielten sich angeregt. Und ich stand ganz in der Nähe, verstaute Unmengen von Altpapier in den großen, grauen Mülleimern und ließ mir, als ich bemerkte, worum sich das Gespräch drehte, noch ein bisschen mehr Zeit.

Sportlehrer Mommsen, wie immer in seinem geschmacklosen gelben Trainingsanzug und mit neonfarbenem Stirnband, erzählte seinem Kollegen Waller, Lehrer für Latein und Griechisch, von dem Besuch des Talentsuchers, der sich für die nächste Woche angekündigt hatte.

Herr Zinn hörte zunächst nur mit einem Ohr hin, während er den Jungs beim Basketball zusah, wurde dann aber schlagartig hellwach. Denn es fiel Zinns persönliches Signalwort. Mit verschwörerischer Stimme sagte Herr Mommsen: »Na ja, wir haben eigentlich nur zwei Talente, das ist der junge Baumgarten und natürlich der Mickner, aber der ist ja nun raus, der Idiot!«

»Wieso raus? Der darf schon zu dem Testspiel, das kann ihm keiner verbieten, der Terwein und *Blau-Weiß* haben schließlich eingeladen, nicht die Schule. Das ist fast

so wie bei ›Popstars‹, da kann jeder hin, der sich traut.«
Herr Waller lachte über seinen dämlichen Vergleich, den
er irgendwie für lustig hielt, und klang dabei wie ein er-
stickendes Kaninchen.

»Ach, das wusste ich gar nicht. Weiß der David das?«,
fragte Herr Mommsen überrascht.

»Keine Ahnung«, entgegnete Waller, »aber es wäre
nett, ihm zu sagen, dass er teilnehmen kann, oder?«

Mommsen murmelte vor sich hin. »Na ja … ’n guter
Spieler ist er schon, klar … herausragend, aber …«

Er sah Waller an, und dann drehte er sich zu Zinn
um, der immer noch so tat, als würde er seine Aufsichtspflicht wahrnehmen. Mommsen sah Zinn jetzt ins Gesicht: »Aber sollen wir zu dem nett sein?« Zwei Augen-
paare waren gespannt auf Zinn gerichtet. Ich drehte mich
um und nahm meine Papierkörbe, die Antwort war klar.
Es gab keinen Grund, zu Mick nett zu sein, sollte ihn der
Teufel holen, Zinn würde dem blöden Wichser die Pest an
den Hals wünschen.

Zinn zuckte die Schultern. »Meinetwegen soll er da
ruhig mitmachen. Das wäre ja sehr unfair, ihm so eine
Chance vorzuenthalten.«

Nicht nur mir, sondern auch Waller und Mommsen
blieb vor Überraschung der Mund offen stehen.

Das Testspiel bzw. die Testspiele waren für den zweiten
Februar geplant, außer dem Marie-Curie-Gymnasium
würde auch noch das Erich-Kästner-Gymnasium, die

Erich-Brohm-Gesamtschule und die Bismarckschule zu dem Turnier antreten und jeweils ein Team zusammenstellen bzw. einen Pool von Spielern mitbringen, die dann ausgelost werden sollten. Mir wäre das alles im Prinzip völlig egal gewesen, wenn nicht mein Konzept des Unsichtbarmachens wieder völlig versagt hätte. Am nächsten Morgen kam nämlich der Mommsen zu mir und sagte: »Du, äh, wie heißt du noch mal?«

»Johannes, ich heiße Johannes«, sagte ich leise.

»Ach ja«, sagte er, und ich sah ihm an, dass er sich meinen Namen höchstens eine Minute merken würde. »Sag mal, Johannes«, freundlich neigte sich Herr Mommsen vor, »ich kann den David Mickner nirgends finden, kannst du ihm bitte etwas von mir bestellen? Ihr seid doch Freunde.«

Die Alarmglocken in meinem Kopf begannen zu schrillen. ALARM! ALARM!!!

»Na ja … das … das kann man so eigentlich nicht …«, stotterte ich und suchte nach den passenden Worten, fand sie nicht schnell genug. Herr Mommsen ignorierte mein Gestotter, gab mir eine Kurzfassung zu dem Spiel am Samstag und den Auftrag, Mick zu sagen, dass er teilnehmen könne.

»Also, Johann, äh, Johannes, du sagst ihm das, ja?!«

Es war mehr eine Feststellung als eine Frage. Ich nickte, aber das sah der Sportlehrer schon überhaupt nicht mehr, weil er längst den Weg zum Kopierraum eingeschlagen hatte.

Ich wollte diesen verdammten Auftrag so schnell wie möglich erledigen und begab mich auf die Suche nach Mick. Ich lief die Gänge entlang, sah noch beim Brötchenverkauf nach und auf dem Schulhof und fand Mick dann schließlich rauchend auf der unteren Jungentoilette.

»Seltsam, dass er immer noch raucht«, dachte ich.

Ich fand das wirklich merkwürdig, denn schließlich war Mick Sportler. Aber andererseits passte es auch wieder ins Bild, wie er da saß, die Jeans hingen ihm locker auf der Hüfte, der Nietengürtel verhinderte, dass die Hose wegrutschte, und das schwarze Kapuzensweatshirt war leicht verwaschen, aber vielleicht gerade deshalb cool. Er saß auf der Fensterbank, seine *Chucks* pendelten immer wieder an die weiß gekachelte Wand. Die Zigarette im Mundwinkel, sah er auf mich herunter.

»Ach, da ist ja mein Freund Johannes, der alte Schwanzlutscher«, begrüßte mich Mick lachend, und ich beschloss, dass ich unbedingt etwas wegen meines Images unternehmen musste.

Ich räusperte mich, verschluckte mich und musste husten.

Mick sprang von der Fensterbank, direkt vor meine Füße. »Mensch, Johannes, nun mach dich mal locker, was gibt es denn?« Ich bekam keine Luft, weil mir Mick die ganze Zeit ins Gesicht rauchte.

Ich hustete und presste dann raus: »Ich soll dir von Mommsen sagen, dass du an dem Probespiel von dem Terwein teilnehmen darfst, wenn du ausgelost wirst.«

Mick sah mich an, sein Gesicht war völlig unbewegt, irgendwie leer.

Ich dachte, er hätte mich nicht verstanden, und setzte noch mal neu an: »Der Mommsen sagt, du kannst Hockey spielen, der Ausschluss aus der Schulmannschaft zählt da nicht.«

Jetzt presste Mick die Augen zusammen und zischte: »Ich habe schon verstanden, was du sagst, für wen hältst du mich, für'n gehirnamputierten Spasti?!« Ich schüttelte so schnell den Kopf, dass die Haare nur so flogen.

»Und warum sagst DU mir das?« Micks Augen waren nur noch Schlitze, das Misstrauen drang ihm aus jeder Pore.

»Herr Mommsen wollte es dir selber sagen, hat dich aber nicht gefunden«, entgegnete ich.

Mick ließ seine aufgerauchte Kippe auf den Boden fallen und trat sie langsam aus, in seinem Gesicht zog sich seine Stirn in Falten.

»Johannes, kann ich dich mal was fragen?«

»Klar.« Mein Herzschlag beschleunigte sich.

»Meinst du, dass das 'n Trick ist? Wollen die mich vielleicht irgendwie verarschen?« Mick musterte mich fragend.

Es war ungewöhnlich, dass Mick unsicher war. Noch ungewöhnlicher war, dass er MICH um meine Meinung fragte – das wiederum verunsicherte mich.

»Ganz ehrlich? Ich habe keine Ahnung, aber für mich klingt es wie 'ne faire Chance.« Und in dem Moment, in dem ich das gesagt hatte, bereute ich es auch gleich wieder. Was, wenn ich mich täuschte?

Mick nickte, drehte sich um und ließ mich einfach stehen.

Das Probespiel war für Samstag zehn Uhr angesetzt. Das Turnier fand in der Sporthalle des Marie-Curie-Gymnasiums statt. In der Halle roch es schon morgens nach Schweiß, vermutlich von den Spielen der Vortage. Das Neonlicht brannte, obwohl die Sonne durch die hohen Fenster schien, und der graue Linoleumboden glänzte, als wäre er nass. Auf den Tribünen, die der Fensterfront gegenüberlagen, saßen ein paar vereinzelte Mütter, Väter, Brüder und Schwestern und all jene Freunde, die es geschafft hatten, am Samstagmorgen nach einer durchsoffenen Nacht aufzustehen. Und da saß der, der Angst hatte, seine Prognose könnte sich als falsch herausstellen, … ich.

Einige wenige hatten Spruchbänder mitgebracht, recht dilettantische Schriftzüge auf alten Bettlaken, die wohl als Anfeuerung gedacht waren, aber eher jämmerlich aussahen. Die meisten Plätze auf den Tribünen waren leer. Terwein konnte man ganz leicht erkennen. Er trug als Einziger in dieser Halle einen Anzug, der noch dazu perfekt saß, hatte eine Tasse Kaffee in der Hand (keine Ahnung, wo er die herhatte) und ließ sich von unserem Schulleiter zutexten.

Terwein nickte immer nur, um zu signalisieren, dass er zuhörte, und sah gelangweilt in die Runde.

Ich hatte mir Terwein irgendwie anders vorgestellt, ein bisschen so wie Christoph Daum, groß, ein bisschen prollig und mit Schnurrbart. Eher so wie einen Trainer aus der Kreisklasse, bisschen abgehalftert, bisschen mitleiderregend. Tatsächlich sah Terwein eher so aus, als würde er an der Côte d'Azur leben und auf Zwanzig-Meter-Jachten Champagner schlürfen. Er sah auf eine etwas glatte Art tatsächlich gut aus, und obwohl er schon über fünfzig sein musste, hatte er doch etwas Jugendliches an sich. Ich hatte erwartet, dass er da auf der Tribüne sitzen würde, eine Sekretärin rechts, eine links, den Bleistift zum Stenografieren gezückt. Tatsächlich war Terwein aber nur mit einem jungen Typ da, der vielleicht so etwas wie sein Sekretär war, vielleicht aber auch nicht, denn auch der hatte nichts zu schreiben in der Hand.

Unten ließ Mommsen gerade die Schüler, die spielen wollten, auf eine Liste setzen. Sieben Feldspieler und drei zum Auswechseln durften antreten. Tatsächlich musste Mommsen nicht mal losen, es waren insgesamt nur zehn Spieler da, bis auf Mick waren sie alle in der Schulmannschaft des Gymnasiums. Während Mommsen die Namen festhielt und die Spieler und Reservespieler ausloste, liefen sich alle schon mal warm, auch die Spieler der anderen Mannschaften hatten ihre Aufwärmübungen beendet. Einige kannte ich vom Sehen.

Die Jungs bekamen nun von Mommsen ein rotes T-Shirt. Auch Mick bekam eines und zog es über, er sah zufrieden aus. Ich fing an, mich etwas zu entspannen. Die meisten Jungs in Rot gingen noch mal nach unten in die Kabinen, um sich etwas zu trinken zu holen oder aufs Klo zu gehen. Auch die Jungs der anderen Mannschaften verschwanden aus der Halle. Ich sah aus den Augenwinkeln zu Terwein, der betrachtete gelangweilt seine Fingernägel. Wie oft hatte der sich wohl schon solche Amateure ansehen müssen, in wie vielen miefigen Turnhallen hatte der wohl schon seine Wochenenden verbracht?

Gerade als ich darüber nachdachte, sah ich Zinn die Treppe zur Tribüne hochkommen. »Was macht der denn hier?«, fragte der Junge neben mir seinen Banknachbarn und sprach damit aus, was ich dachte. Mit dem hatte ich nun wirklich gar nicht gerechnet. Ich konnte mich nicht daran erinnern, Zinn überhaupt schon einmal bei einer Schulveranstaltung gesehen zu haben. Er ging nicht zum Weihnachtskonzert, nicht zu den Spielen der Fußballmannschaft und auch nicht zu den Theateraufführungen. Also, was zum Geier wollte der hier?

Zinn sah, dass ich ihn anstarrte, nickte freundlich lächelnd in meine Richtung und setzte sich dann unten direkt an den Spielfeldrand. Es war kurz vor zehn. Alle Spieler waren nun am Spielfeldrand, unsere Mannschaft würde zunächst gegen die Bismarckschule spielen. Mommsen hatte die Spieler zusammengerufen. Matthis aus der Elften war Kapitän und erklärte die Taktik. Alle hörten konzentriert zu. Nur Mommsen sah immer wieder in Richtung Treppe und blickte sich dann suchend in der Halle um. Auch ich sah mich nun um – und mit einem Schlag wusste ich, wen Mommsen suchte: Mick war nicht in der Halle. Der erste Pfiff des Schiedsrichters ertönte, die Spieler gingen auf den Platz. Noch immer war Mick nicht da. Wo steckte der denn bloß? Mommsen ging zum Schiedsrichter, sprach kurz mit ihm. Es war ein ganz kurzes Gespräch und der Schiri schüttelte den Kopf und zog bedauernd die Schultern hoch. Mommsen ging zu seiner Mannschaft zurück und sah sich immer wieder nach Mick um. Schließlich ging er zu den Reservespielern und schickte Torben aus der 9f für Mick auf den Platz. Eine Minute später wurde das Spiel angepfiffen, von Mick war noch immer weit und breit nichts zu sehen. Die Mannschaft von der Bismarck war nicht schlecht, aber unsere war besser. Leon, der für unsere Mannschaft im Tor stand, wurde zum Helden der Stunde, als er einen Freistoß der Bismärcker hielt. Zwanzig Sekunden danach wurde abgepfiffen. Der Spielstand: 2:1 für den Gastgeber. Das Turnier ging weiter, auf jedes Spiel folgten fünf Minuten Pause, die Spielzeit war auf dreißig Minuten verkürzt, so war das konditionell immer noch eine echte Herausforderung, aber zu machen. Zinn blieb bis kurz vor Ende, dann stand er auf, sah noch einmal lächelnd in meine Richtung und ging. Mit wippendem Gang, nahezu beschwingt.

Ich sah mir auch noch das Finale an, die Jungs vom Marie-Curie spielten gut, aber die Mannschaft vom Erich-Kästner war einfach besser, völlig verdient gewannen die mit 4:2. Damit war das Turnier beendet und ein Spieler, vielleicht auch zwei hatten an diesem Tag die Tür zu einer

Profikarriere geöffnet. Mick war keiner von ihnen. Vielleicht hatte der coole Mick doch kalte Füße bekommen?

Nach dem Spiel leerte sich die Halle schnell, nur Terwein stand da noch mit den Trainern der Mannschaften am Rand und unterhielt sich. Die Spieler saßen in Grüppchen an der Wand und taten ganz unbeteiligt, aber natürlich wollten sie wissen, wer von ihnen Terwein besonders aufgefallen war. Von Mick weiterhin keine Spur.

Ich wollte nach draußen zu meinem Fahrrad, beschloss aber, noch schnell auf die Toilette zu gehen, oben hatte sich eine Schlange gebildet, also stieg ich die Stufen nach unten zu den Umkleidekabinen, um dort aufs Klo zu gehen. Direkt daneben waren die Duschräume und noch eine Tür weiter war der Medizin-, gegenüber der Kraftraum. Ich ging schnell in den Raum mit den Kabinen und von da zu den Toiletten. Es war niemand da, die Spieler waren noch oben und warteten auf Terweins Urteil. Gerade als ich wieder raufgehen wollte, hörte ich ein dumpfes Klopfen. Es kam aus dem Kraftraum. Dort waren zwei Laufbänder und Gewichte, da die aber so wenig genutzt wurden, war er eher zu einer zusätzlichen Umkleidekabine umfunktioniert worden. Und irgendjemand hämmerte nun wütend gegen die Tür. »Lasst mich raus, ihr Wichser!«, hörte ich dumpf durch die Tür. Schon bevor ich die Stimme erkannte, war mir klar, wer da gegen die Tür trat, schrie und tobte. Ich drückte die Klinke nach unten. Nichts tat sich. Die Tür war abgeschlossen. Natürlich. Mick hätte nicht freiwillig auf ein Spiel verzichtet, das über seine Karriere als Profispieler hätte entscheiden können. Er hätte nicht mal im Traum daran gedacht.

»Ich bin's, Johannes. Du, ich habe keinen Schlüssel, ich hole jetzt einen, bin gleich wieder da!«, sagte ich ganz laut, damit Mick mich auch bestimmt hören konnte.

»Mann, beeil dich!!!«, kam es dumpf von der anderen Seite der Tür.

Während ich nach oben lief, fiel mir wieder Zinn ein, wie er selig lächelnd die Tribüne betreten hatte. Und mir wurde schlagartig klar, wer Mick im Kraftraum eingeschlossen hatte. Und es wäre ein Wunder, wenn Mick das nicht auch längst klar geworden war oder er das zumindest ahnte. Zinn hatte erkannt, dass die üblichen schulischen Mittel hier nicht mehr weiterhalfen. Genfer Konventionen gab es nicht.

MUNITION

Mick war kein Idiot. Auch wenn er nicht sehen konnte, wer ihn eingeschlossen hatte, war ihm doch klar, wem seine Zwangspause zu verdanken war. Und natürlich hatte sich Mick überall erkundigt, ob Zinn wohl da gewesen war. Er hatte zwar nur ganz beiläufig gefragt, aber wer ihn kannte, dem war aufgefallen, dass er die Lippen zusammenkniff, so als wolle er verhindern, einfach laut loszuschreien. Ich musste ihm sagen, dass ich Zinn kurz nach dem Anpfiff auf der Tribüne gesehen hatte. Was hätte ich auch sonst tun sollen? Er hätte es ja sowieso rausbekommen.

Ich konnte nur ahnen, wie es in Mick aussah. Er hatte so hart für diesen Tag trainiert, er war so viele Tage alleine trainieren gegangen, er hatte sein Herz an diesen Sport gehängt, er hatte sich – sicherlich zu Recht – Chancen auf den U18-Kader und einen späteren Profivertrag ausgerechnet. Und nun – PENG. Zerplatzt der Traum. Die Profikarriere war wieder in weite Ferne gerückt. Mick wusste, dass sich eine solche Gelegenheit vermutlich nicht so schnell noch einmal ergeben würde, vielleicht nächstes Jahr, vielleicht aber auch nie wieder. Er kochte vor Wut.

Noch schlimmer wurde es, als Herr Mommsen am Montag in der großen Pause durch den Schullautsprecher bekannt gab, dass Terwein Fabian Baumgarten aus der 11. Klasse einen Profivertrag angeboten hatte. Da Baumgarten an der Schule ziemlich beliebt war, brandete sofort Jubel auf. Die meisten Schülerinnen und Schüler applaudierten spontan, und Fabian, der gerade am Kaffeeautomaten stand, wurde von allen Seiten beglückwünscht, fremde Leute schlugen ihm anerkennend auf den Rücken, nahezu fremde Mädchen hauchten ihm Küsse auf die Wange. Fabian hatte wohl am Samstag nach dem Spiel noch mit Terwein gesprochen und nahm die Glückwünsche nun lässig entgegen. Er sah nicht, wie Mick, ohne mit der Wimper zu zucken, an ihm vorbeiging. Ich sah Mick. Und dachte mir meinen Teil, zum Beispiel, dass Fabian echt Glück hatte, dass er so ein netter und ehrlicher Kerl war, weil sonst Mick auf die Idee hätte kommen können, dass jemand von Fabians Leuten ihn eingeschlossen hatte, um Fabian einen lästigen Konkurrenten vom Hals zu schaffen.

Aber Mick kannte Fabian und wusste, dass der nur ehrlich gewann. Ein Charakterzug, den Mick vielleicht naiv fand, aber dennoch zu würdigen wusste. Mick war außerdem jemand, der Besonnenheit sehr schätzte. Mick war nach dem Spiel nicht zu Zinn gegangen, hatte ihm keine reingehauen oder ihn mit dem Vorwurf konfrontiert, ihm die Profikarriere versaut zu haben. Mick war ein Jäger, er konnte warten. Geduld hatte er. Und Rache war erst gut, wenn sie reifen konnte. Er würde zuschlagen, wenn es so weit war. Und bis dahin würde er warten.

Ich stand in der Pausenhalle, hatte gerade die Szene um Fabian beobachtet. Ebenso wie Mick, der sich jetzt von der Wand löste und zu Janice aus seiner alten Klasse ging. Als Mick an mir vorbeiging, sah er mich an und zog einen Mundwinkel hoch, so als lächele er, aber seine Augen blieben kalt. Mich fröstelte.

Ich sah ihm nach. Er stand nun vor Janice, und die beiden redeten kurz miteinander, bevor sie gemeinsam rausgingen. Janice war im letzten Jahr mit Mick zusammen gewesen. Irgendwie hatte das gepasst, denn Janice war bildhübsch, lange Beine, blonde Haare, große Brüste. Sie war jemand an dieser Schule. Wären wir in einer amerikanischen Highschool, dann wäre sie sicherlich die Ballkönigin gewesen. Janice verfügte über eine Gabe, über die nicht viele Mädchen verfügen, sie konnte das Mädchen sein, das man sich als Pin-up an die Wand pinnen wollte, sie konnte ein Engel, eine gute Freundin oder ein echtes Miststück sein. Je nachdem, was ihr gerade in dieser oder jener Situation weiterhalf. Janice wusste, dass sie gut aussah, und nahm sich, was sie haben wollte. Und im letzten Jahr wollte sie Mick. Es gab damals viele Gerüchte um dieses Bonnie-und-Clyde-Traumpärchen, die Gerüchteküche brodelte, vor allem Janice war immer wieder DAS Gesprächsthema. Es wurde mal gemunkelt, Janice würde Koks nehmen und nur das beste, was man in Deutschland bekommen könne. Bis auf Heroin und Crack hätte sich Janice angeblich schon alles reingezogen. Mick war da ganz anders, der gab sich vielleicht mal am Wochenende die Kante, zog auch mal einen durch, aber nie hatte ihn jemand mit synthetischen Drogen gesehen, davon ließ er die Finger.

Janice sei dagegen immer wieder auf Partys gegangen, auf denen Kokain und Speed kursierten. Eine Zeit lang soll sie sogar damit gedealt haben. Keine Ahnung, was Mick davon hielt, vermutlich fand er es scheiße, da es aber ihr Ding war, hatte er sich nicht eingemischt.

Aber dann war mit dem Dealen wohl plötzlich Schluss gewesen. An einer Schule wird immer viel geredet, die Geschichten werden immer wilder, immer unglaubwürdiger.

Angeblich soll Mick Janice an einem Abend, an dem sie gerade loswollte, um auf einer Party die Gäste mit Dope zu versorgen, nicht aus dem Haus gelassen haben. Janice soll damals stocksauer gewesen sein, aber Mick hatte tatsächlich verhindern können, dass sie losfuhr. Am übernächsten Tag dann ein großer Bericht in der Zeitung: Die Party war recht professionell aufgezogen gewesen, es gab drei DJs und es waren über dreihundert Leute da gewesen, als die Polizei mit zehn Wagen vorfuhr. Razzia.

Natürlich wurden Drogen sichergestellt, drei Dealer waren verhaftet worden, an denen man anscheinend ein Exempel statuieren wollte, denn es gab keine Bewährungsstrafen. Alle drei wanderten in den Knast bzw. den Jugend-knast. Der Jüngste von ihnen, gerade siebzehn geworden, bekam zehn Monate Jugendarrest. Das Nächste, was man von ihm hörte, war, dass er sich an einem Handtuch in seiner Zelle aufgehängt hatte.

In der Schule wussten viele, dass Janice damals auch zu der Party gewollt hatte, und gratulierten ihr – wenn auch nur im Flüsterton – zu ihrem »Glück«. Janice wusste es besser. Mick mochte vielleicht erst sechzehn sein, aber er hatte Beziehungen und Kontakte, von denen mancher erwachsene Kleinmafioso wohl nur träumen konnte. Mick kannte immer irgendjemanden, der jemanden kannte. Und schließlich war Mick kein Ghettokid aus der Bronx.

Mick war zum Hockey gegangen und zur Konfirmation. Angeblich auch mal zur freiwilligen Feuerwehr, aber das musste schon sehr lange her gewesen sein. Er war auf unzähligen Grillpartys gewesen, hatte sich zum Kickern und zum Billardspielen verabredet. Was ich damit sagen will: Mick kannte Leute aus allen Schichten und allen Berufen, und anscheinend kannte er auch jemanden bei der Polizei oder jemanden, der jemanden kannte …

Und nun stand Mick mit ebenjener Janice zusammen, das war nicht wirklich ungewöhnlich, denn die beiden verstanden sich nach wie vor gut. Auch wenn die Beziehung nach einigen Monaten beendet gewesen war, hatte doch keiner von beiden über den anderen jemals ein schlechtes Wort verloren. Es war ein bisschen wie ein geheimer Pakt.

Und nun standen Bonnie und Clyde zusammen, und es war nicht die Tatsache, DASS sie sich miteinander unterhielten, sondern eher, WIE sie sich unterhielten, die mich aufmerksam werden ließ. Mick redete, Janice sah ihn ernst an, schüttelte dann heftig den Kopf und wandte sich zum Gehen, aber Mick hielt sie auf, drehte ihr Gesicht zu sich, sah sie fest an und redete weiter. Janice runzelte die Stirn. Als er fertig war, sahen die beiden sich lange an. Sekundenlang standen sie einfach da. Dann nickte Janice. Und ein neuer Pakt war geschlossen.

SCHARFE GESCHÜTZE

In den vielen Wochen nach dem Vorfall beim Hockeyspiel passierte gar nichts. Mick sah den Zinn im Unterricht an, wenn dieser es nicht sah, und bei Micks Blicken erlebte ich, wie abgrundtiefer Hass aussieht. Micks Taktik bestand darin, Zinn so weit, wie es ging, zu ignorieren, er schoss verbal auch mal in Zinns Richtung, aber immer nur so laut, dass der es nicht genau verstehen konnte. Zinn, das war klar, fühlte sich als Sieger, er wirkte locker, fast heiter, machte wieder seine alten Sprüche, dabei hatte der einfach nur nicht verstanden, dass er zwar eine Schlacht gewonnen hatte, aber noch lange nicht den Krieg und dass Mick nicht im Traum daran dachte, zu kapitulieren. Zinn ließ Mick einfach links liegen, eine mündliche Mitarbeit Micks existierte damit nicht. Das drohende Ungenügend umschiffte Mick, indem er einfach in der Arbeit eine Zwei schrieb. Ich sagte es ja schon: Mick war intelligent.

Je mehr Zeit verging, umso entspannter wurde Zinn. Für Zinn war das Thema »David Mickner« ganz klar erledigt. Er erzählte seinen Skatkumpels bestimmt, dass er den »kleinen Wichser« so richtig schön »aufs Kreuz gelegt hatte«. Und sicherlich grinste er dabei, kippte den Klaren auf ex und lachte sich ins Fäustchen, weil er sich für so clever hielt. Niemand hatte sich bei dem Turnier gefragt, warum Mick nicht erschienen war, auch der Mommsen nicht. Bestimmt hatten alle gedacht, dass Mick Schiss bekommen hatte. Und da auch Mick keinen Ton dazu sagte, blieb es bei dieser Vermutung. Und niemand war so dämlich, Mick deswegen aufzuziehen oder danach zu fragen. Ich wunderte mich damals, warum sich viele tatsächlich vorstellen konnten, dass Mick gekniffen hatte, denn ich fand, das passte überhaupt nicht zu ihm. Tatsächlich war es wohl so, dass es einfach keinen interessierte, was da vorgefallen war. Mick hatte es nicht gepackt. Viele werden wohl gedacht haben: Geschieht dem Arsch nur recht! Und bald vergaß man diesen Samstagvormittag. Nur Mick, der vergaß nicht.

Mick hatte alles, was nötig war, in die Wege geleitet, jetzt musste er nur noch warten. Und er hatte Geduld und wartete. Die Monate vergingen. Die Sommerferien kamen und gingen wieder. Das neue Schuljahr begann. Und Zinn, der glaubte, er sei der schlaue Fuchs, ging in die Falle.

Das, was ich jetzt erzähle, habe ich erst im Nachhinein erfahren, denn ich war nicht dabei. Ich kann nicht sagen, ob sich wirklich alles so ereignet hat, aber ich weiß es eben nicht besser.

Zinn unterrichtete Janice in diesem Jahr in Sport. Nach einer Einheit Leichtathletik, die vor allem darin bestand, dass die Schüler um den nahe gelegenen See laufen mussten, während Zinn in der Sonne döste, oder den Hundert-Meter-Sprint trainierten, bei dem Zinn die Leistungen der Mädchen kommentierte: »Mensch, Alena, du läufst ja wie ein Kamel« oder: »Tina, der Start ist spitze, super im Startblock, tolle Körperspannung, da läuft den Jungs hier auch gleich das Wasser im Mund zusammen, was?!«, folgte eine Einheit Geräteturnen. Geräteturnen war unter Schülern ungefähr so beliebt wie der Schulzahnarzt, der viele Jahre lang in Anwesenheit der Mitschüler verkündete: »Kariesbefund in B3, Kariesbefund in E1.«

Zinns Vorliebe war der Kasten, auch das Pferd, ganz selten ließ er sich von den Mädchen mal zum Schwebebalken überreden. Drei Wochen lang mussten die Schüler gehockte Sprünge und Schwünge üben, in den darauffolgenden drei Wochen durften sie ein Gerät auswählen und mussten eine Kür üben. Janice nahm den Schwebebalken. Sie hatte viele Jahre lang Kunstturnen gemacht. Aber das wusste Zinn nicht. Janice übte für ihre Kür den Radabgang vom Schwebebalken, und der war so grottenschlecht, dass bestimmt sogar der Zinn Mitleid hatte. Er gab keine Hilfestellung, sondern stellte dafür zwei Schülerinnen ab. Zinn war ja kein Idiot. Jeder Sportlehrer hatte uns gleich zu Beginn des Schuljahres erklärt, dass Hilfestellungen bei Mädchen im Sportunterricht immer von Schülerinnen durchzuführen seien und auf keinen Fall der Lehrer selber Hand anlegen werde, weil sonst immer die Gefahr bestünde, dass ein Mädchen behaupten könnte, die Hand habe nicht dagelegen, wo sie hingehörte. Zinn hatte sich seine ganze Schullaufbahn daran gehalten. Er guckte den Mädels gerne in den Ausschnitt oder auf den Hintern, aber Zinn hatte niemals eine Schülerin sexuell belästigt.

Der Radabgang wurde nicht besser. Janice, die Kunstturnerin, übte auch in den folgenden Sportstunden für ihre Kür, der Schluss blieb eine Katastrophe. Einige Schülerinnen wunderten sich, die einen über den schlechten Radabgang eines Mädchens, das Flickflack beherrschte, die anderen über die Verbissenheit, mit der Janice jede Sportstunde übte, auch noch, wenn die meisten ihre Geräte schon abgebaut hatten.

So auch an einem Montag im September. Die Ersten hatten fast zehn Minuten vor dem Stundenklingeln begonnen, die Geräte abzubauen und die Matten zurück auf den Wagen zu schleppen. Der erste Mattenwagen wurde in die »Garage« gefahren, das war so eine Art Nebenraum direkt an der Halle. Fünf Minuten vor Stundenende hatten dann auch die Streber mit dem Abbau begonnen, nur Janice übte noch immer ihre Kür auf dem Schwebebalken. Inzwischen stand der auf zwei Kisten und sie sah wohl ein bisschen wie eine Seiltänzerin im Zirkus aus, wie sie da mit ihren weißen Leggins und dem rosa Shirt grazile Drehungen machte. Die Haare hochgesteckt und das Shirt geknotet, sodass man ihren flachen Bauch sehen konnte. So war Janice an jenem Tag die Letzte in der Halle. Die anderen waren schon unter den Duschen verschwunden, da versuchte Janice zum Abschluss noch einmal ihren

Radabgang. Sie rutschte wohl ab, so genau weiß ich das nicht.

Das, was danach geschah, weiß ich aber ziemlich genau, denn es wurde von einer Kamera aufgezeichnet und ich sah das Ganze nur einen Tag später online. Und nicht nur ich. Aber der Reihe nach.

Die Kamera befand sich in dem Raum mit den Matten, ganz klar, irgendwie erhöht, wie auf einem Stativ, vielleicht lag sie auf einem der Schränke, vielleicht stand da auch jemand in einer Ecke, in der es so dunkel war, dass er sich verstecken konnte. Ich weiß es nicht, aber ich weiß: Die Kamera war schon da, als sich Janice mit schmerzverzerrtem Gesicht auf den dicken Mattenstapel in der »Garage« fallen ließ. Mit der linken Hand hielt sie sich die rechte Rippenseite. Sie sah in Richtung der Kamera, aber ohne direkt hineinzusehen. Sie stöhnte und sagte immer wieder: »Oh, das tut so weh.« Dann sah man erst einen Schatten, einen Typ im blauen Jogginganzug, ach klar, der Zinn. Das Bild war grobkörnig, aber an der Stimme, auch wenn das kleine Mikro die nur ziemlich leise auffing, war er ganz klar zu erkennen.

»Mensch, Janice, was machste denn für'n Scheiß, ich hab gesagt, ihr sollt abbauen. Zeig mal her.«

Herr Zinn stand nun fast genau mit dem Rücken zur Kamera und tastete vorsichtig Rippe für Rippe ab. »Okay, tut das hier weh?«

»Nein.«

»Nicht gebrochen, tut das weh?«

»Nee, die ist heile.« So arbeitete sich Zinn Rippe für Rippe nach oben.

Und Janice schimpfte auf einmal gar nicht mehr über ihren Schmerz, sie sah fast entspannt aus, zumindest soweit man das erkennen konnte. Vermutlich konnte man gar nichts erkennen und das war nur meine Fantasie.

»Es tut hier weh«, sagte sie mit einer ganz sanften Stimme und nahm Zinns Hand. Ehe Zinn auch nur raffte, was gerade geschah, zog Janice ihr T-Shirt etwas hoch und schob Zinns Hand auf ihre nackte Brust. Schnitt. Schwarzbild.

Ich weiß noch genau, dass ich einen Ständer hatte, als diese Szene über meinen Computerbildschirm flimmerte. Klar, das war der Zinn, der Arsch, aber es war auch Janice, und Janice war nun mal ein Mädchen, das jeder Junge gerne mal gevögelt hätte. Die nun so zu sehen, das war so 'n bisschen wie Porno gucken. Normalerweise brauchte ich ein paar Minuten, um mir einen runterzuholen. Diesmal ging es deutlich schneller.

Nach dem Schnitt sah man nun immer noch dieselbe Einstellung. Janice lag noch immer auf dem Matratzenlager, die Beine weit gespreizt, zwischen ihren Schenkeln stand ein Typ in blauem Trainingsanzug, das heißt nur noch in Teilen des Trainingsanzuges, denn die Hose hing in den Knien. Sein nackter Arsch bewegte sich rhythmisch und immer wieder hörte man Janice stöhnen. Ich konnte nicht fassen, was ich da sah. Der Zinn bumste Janice. Keine Ahnung, was mich in dem Moment mehr schockierte: dass der Zinn überhaupt Sex hatte oder dass Janice diesen Widerling tatsächlich ranließ.

Ich kann mich noch erinnern, dass da irgendetwas in meinem Unterbewusstsein eine Fehlermeldung produzierte, so ein bisschen wie bei »Zwei Bilder. Suchen Sie den Fehler«, aber es war nur ein flüchtiger Moment. Der Film war kurz und endete mitten im Akt. Plötzlich: schwarzer Bildschirm. Nichts mehr.

Und es dauerte nicht mal zwölf Stunden, bis die Szene mit Janice und Zinn online war. Und dann dauerte es vielleicht noch ein paar Stunden, bis nahezu jeder Schüler von der fünften Klasse bis zum Abiturjahrgang den Film mit dem Titel »Zinn fickt« angeklickt hatte. Und wohl noch einige mehr, denn als ich endlich etwas davon mitbekam, meldete die Seite bereits 2045 Besucher. Und als das Video wegen Pornografie entfernt wurde, existierten schon viele Kopien auf Rechnern und Handys, und die wurden an Freunde und Klassenkameraden weitergeschickt, sodass es bestimmt niemanden an unserer Schule gab, der den Film NICHT kannte. Obwohl … ich korrigiere mich. Es gab EINEN, der den Film anscheinend nicht gesehen hatte …

Denn am nächsten Morgen kam der Zinn in die Schule wie an jedem anderen Tag auch. Ich sah ihn gleich morgens. Ich war ja immer recht früh da, hatte schon auf den Vertretungsplan gesehen, festgestellt, dass mal wieder keiner MEINER Lehrer krank war, dass für mich nichts ausfiel, und saß dann unten in der Pausenhalle neben dem

Kicker. Von da aus konnte ich auf den Lehrerparkplatz sehen, von da kam Zinn an diesem Morgen. Und ich weiß, das ist kaum zu glauben, aber – was hatte der Mann an?! Na?

Richtig, genau den blauen Jogginganzug und in der Hand seinen Koffer. Kam rein, nickte einmal kurz in meine Richtung und ging zum Lehrerzimmer. Die Schüler, die ihm begegneten, tuschelten hinter seinem Rücken, und einmal drehte sich Zinn um, als zwei Schüler der sechsten oder siebten Klasse kichernd an ihm vorbeigingen. Stirnrunzelnd sah er ihnen nach, drehte sich dann wieder um und einen Moment später fiel die Tür des Lehrerzimmers hinter ihm ins Schloss.

Ich konnte es echt nicht fassen. Aber irgendwie dann doch, denn welcher Lehrer treibt sich schon viel im Web rum, und es hatte wohl niemand Zinn den Link geschickt, damit der sich selbst ansah.

Wie war das Video zu Direktor Renner gekommen? Die Geschichte war ganz einfach:

Nikolaus Krämer aus der 6f hatte wie gebannt auf seinen Rechner gestarrt, als seine Mutter ihn zum Abendessen holen wollte. Frau Krämer war sicherlich schockiert, als sie bemerkte, was sich ihr kleiner Sohn da ansah. Aber sie war völlig fassungslos, als Nikolaus, der immer wieder beteuerte, er hätte gar nicht gewusst, was man ihm da geschickt hatte, erwähnte, dass das einer von seinen Lehrern sei, der sich da im Matratzensport betätigte. Drei Telefonate später, über die Klassenelternratssprecherin und die stellvertretende Direktorin, landete der Fall und eine Kopie des Films auf dem Schreibtisch und im Laptop von Direktor Renner. Und der war sich bis zu dem Zeitpunkt sicher gewesen, dass er – der achtunddreißig Jahre im Schuldienst war – nun wirklich alles gesehen hatte, dass ihn nichts mehr schockieren, geschweige denn überraschen könnte. Aber er hatte sich getäuscht.

Mit aufgerissenen Augen starrte er auf den Schirm, sah Janice, die in seinem Biologiekurs vorne rechts saß. Das war die Janice, die in der 5. Klasse noch ganz lange Zöpfe gehabt und deren Schwester vor fünf Jahren das beste Abitur ihres Jahrgangs gemacht hatte. Das war die Janice, die er kannte. Und den blauen Jogginganzug kannte er auch. Sein Magen krampfte sich zusammen, der Herzschlag beschleunigte sich. Das war der Anzug von Zinn. Das durfte nicht wahr sein. Durfte nicht, war es aber. Zinn.

Und Direktor Renner erinnerte sich an Beschwerden von Eltern über Zinns Unterrichtsmethoden und Kommentare, erinnerte sich an Gespräche mit Zinn, in denen er ihn ermahnt hatte, keine abwertenden Kommentare über Schüler zu äußern. Aber er erinnerte sich an keinen einzigen Fall, in dem es um sexuelle Belästigung gegangen war. Doch Renner musste auch daran denken, dass Zinns Ehefrau ihren Mann verlassen hatte, dass Zinn seitdem allein war, ein Mann, natürlich mit Bedürfnissen. Aber, o Gott, eine Schülerin.

Und da war nichts zu vertuschen, nichts zu verheimlichen, jeder, der wollte, konnte es sich nach Hause holen.

»Herr Zinn, bitte ins Sekretariat, Herr Zinn, bitte ins Sekretariat«, dröhnte der Schullautsprecher.

Es war ein Vier-Augen-Gespräch zwischen Zinn und Renner, aber im Nachhinein sickerte über die berühmte »Stille Post« (Sekretariat – Lehrerzimmer – Klassen) doch einiges durch: Zinn hatte bis zu dem Gespräch mit dem Schulleiter tatsächlich keinen Schimmer, was da los war, und er soll tatsächlich fassungslos gewesen sein, als Herr Renner ihm den Film vorgespielt hatte. Er habe im Büro des Schulleiters getobt und immer wieder geschrien, dass er das nicht sei, da in dem Film, dass das eine Kampagne sei gegen ihn, eine Verschwörung, dass jemand ihn fertigmachen wolle, bestimmt David Mickner, der kleine Wichser, ob man denn den schon mal befragt hätte und und und. Das Ende vom Lied war relativ einfach: Zinn wurde zunächst suspendiert. Das Schulamt und die Landesschulbehörde wurden aktiv, der Film, inzwischen mehrfach kopiert, wurde gesichtet und Janice wurde befragt. Auch von diesem Gespräch kenne ich nur das Ergebnis. Eine weinende Janice hatte nach einem halbstündigen Gespräch mit einem Mann von der Behörde und einer jungen Polizistin und natürlich in Anwesenheit ihrer Mutter ausgesagt, dass das Zinn sei, der sie da auf dem Video penetriere. Ja, sie habe wohl so etwas wie einen Vaterersatz gesucht.

Nein, das habe ich mir ausgedacht, aber mit Sicherheit sagte sie etwas in der Art. Denn der Zinn war nun mal ein alter Sack. Also wird pure Geilheit wohl nicht der

Grund gewesen sein, schließlich konnte Janice echt jeden haben.

Das Ende vom Lied war, dass sie die Suspendierung von Zinn aufhoben und in eine Entlassung aus dem Schuldienst abwandelten. Das war richtig harter Tobak und für den Zinn echt 'ne krasse Sache, denn nicht nur, dass er seinen Job verlor, er hatte auch alle Pensionsansprüche verloren. Der hatte dreißig Jahre lang gearbeitet und würde wohl im Alter mit Hartz IV auskommen müssen, schon irgendwie heftig. Aber hey, man vögelt als Lehrer eben nicht einfach mit seiner Schülerin!

Zinn blieb übrigens die ganze Zeit dabei, dass da ein Irrtum vorliegen müsse, er sei das nicht da in dem Film. Und ich glaube, er war sicher, dass sich das bald aufklären würde und der ganze Spuk dann endlich vorbei wäre. Aber es klärte sich nichts auf, der Spuk ging nicht vorbei. Vielmehr fing die Hölle für Zinn erst richtig an. Wenn man an seinem Haus vorbeikam, dann waren meist die Vorhänge zugezogen, beim Bäcker um die Ecke redete man über ihn: »…habe das schon immer gewusst« – »Ja, da hatte doch damals jemand dieses scheußliche Wort an seine Tür gesprüht, was war das noch gleich?« – »Kinderficker« – »Ja, genau.«

Mein Rosinenbrötchen blieb mir im Rausgehen fast im Halse stecken. Und ich erinnerte mich an Micks Gesichtsausdruck, wie er da stand, unter diesem Baum in Zinns Garten.

Von Zinn sah ich in diesen Tagen nichts, aber ich erfuhr von meiner Mutter, dass er wohl das Haus verkaufen müsste. Vergeblich hatte er sich um eine andere Arbeit bemüht, aber ein Lehrer ist nun mal ein Lehrer, der hat alles, was er kann, im Kopf, aber das nutzt ihm halt außerhalb des Klassenzimmers nichts.

Und so gingen die Monate ins Land. Zinn hatte sein Haus tatsächlich verlassen müssen, das Geld aus dem Verkauf würde reichen, um ihn noch ein paar Jahre über Wasser zu halten, bevor er dann auf Stütze angewiesen sein würde. Und vermutlich würde auch noch ein Strafverfahren auf ihn zukommen. Ich sah ihn in dieser Zeit nie, denn er war in eine kleine Ein-Zimmer-Wohnung in der Nordstadt gezogen, das war einige Kilometer weiter weg. Von den Kollegen hielt ihm nur der alte Mommsen die Stange. Für die anderen stand anscheinend außer Frage, dass Zinn eine Todsünde begangen hatte und zu Recht für alle Ewigkeit in der Hölle schmoren würde. Keiner hatte Mitleid, keiner Zweifel.

Nee, das stimmt nicht ganz, ICH hatte Zweifel. Und in mir war noch immer das Gefühl des Suchbildes mit dem Fehler, wenn ich an das Video dachte. Vielleicht war es gar nicht der Zinn da auf dem Video; klar, Janice war Mick noch was schuldig, aber sich von dem Zinn ficken zu lassen, ging dann wohl doch über einen Freundschaftsdienst weit hinaus.

Ja, klar hatte ich darüber nachgedacht, zum Schulleiter zu gehen und die Sache mit dem »Kinderficker« zu erzählen, aber was hätte das schon geändert? Zinn war ja nicht wegen der Schmiererei auf seiner Tür gefeuert worden. Aber mir würde Mick das Leben zur Hölle machen, wenn ich ihn denunzieren würde. Der würde sofort mir den Krieg erklären. Der würde mich fertigmachen. Also schwieg ich.

KRIEGSENDE

An einem Samstag im Februar war die alljährliche Schulparty, der Schülerrat hatte wieder den Veranstaltungssaal
neben der Schule gemietet, der für Theateraufführungen,
Abiturentlassung oder auch Veranstaltungen der freiwilligen Feuerwehr und der Realschule gegenüber genutzt
wurde. Die drei Bands, die es an der Schule gab, hatten
sich erfreulicherweise mal abgesprochen und in der Schule gemeinsam plakatiert. Der Eintritt sollte für alle kos-
tenlos sein, Einlass war für alle ab der 9. Klasse. Alkohol
gab es nur auf dem Jungsklo, da hatte meist Thorsten
Matzerek aus der 11. Klasse einen Stand aufgebaut. Nein,
das ist kein Witz, der hatte da jedes Jahr so was wie 'ne
kleine Bar. Da gab es dann Wodka, auf Wunsch auch mit
Ahoi-Brause, und Bier. War nicht viel teurer als am Ki-
osk und hatte den Vorteil, dass man durch das Fenster auf
dem Jungenklo gleich auf den Hof klettern, sich das Bier
reinziehen, die Flasche stehen lassen und dann wieder zu-
rückkommen konnte. Und an diesem Abend bot Thorsten
neben Bier auch was zum Kiffen an. Ich hatte an diesem
Abend vier Bier und zum vierten Mal im Leben 'nen
Joint. Sah sicherlich total bescheuert aus, wie ich da mit

Hannes und André aus meiner Klasse auf dem Hof stand und der Joint zwischen uns hin und her wanderte und ich immer wieder husten musste. Aber ich fühlte mich gut, erst merkte ich gar nichts und dann wurde alles ein bisschen gedämpft, irgendwie chillig. Ich war nicht total breit oder so, ich fühlte mich prima, war super entspannt. Aber ich hatte auf einmal tierisch Hunger und ging wieder rein, weil es drinnen irgendwo Hotdogs geben sollte. Die Musik dröhnte, ich schob mich durch den Gang zu den Getränkeständen, wo es auch was zu essen geben sollte, aber die Hotdogs waren schon alle. Ich aß zwei Müsliriegel aus dem Automaten und danach war mir 'n bisschen schlecht. Ich hörte auf, Bier zu trinken, und stieg auf Fanta um. Einige aus der Elften waren schon richtig voll, dabei war es gerade mal kurz nach einundzwanzig Uhr.

Und keiner von den Lehrern hat jemals etwas von der Bar bemerkt, die gingen nämlich nie auf das Jungenklo, vor allem nicht, weil es da so stank, aber das habe ich schon erwähnt, oder?

War also 'ne coole Party, und seien wir mal ehrlich, es gab bei uns sonst nichts für Leute unter achtzehn. Der nächste Club war nur für die zu erreichen, die schon volljährig waren; für uns blieb bloß das »Klacks«, das war der Jugendclub an der Wendeschleife der Straßenbahn, da konnte man kickern oder Billard spielen, aber das war es auch schon.

Wir waren heilfroh, wenn mal was los war, da war auch 'ne Schulparty okay, zumal die Lehrer sich echt zurückhielten. Es gab immer welche, die abwechselnd Aufsicht führen mussten, an der Tür hatten wir eine eigene Security, die darauf achten sollte, dass keine Asis von der Hauptschule oder irgendwelche Glatzen aus dem Jugendtreff reinkamen. Nur Eltern mussten sie leider durchlassen, und so ist es wohl auch zu erklären, dass Zinn einfach hereinspazieren konnte.

Der Saal war relativ dunkel, das Licht war gedimmt, der Saal in violettes Licht getaucht, die Mädchen hatten sich alle hübsch gemacht und man sah mehr Bein als an normalen Schultagen, das gefiel mir. Auf der Bühne spielten gerade die *Siouxpunks* und schoben eine gecoverte Nummer von den *Doors* ein. Eine melodische Fassung von »The End« waberte durch den Saal. Einige tanzten und die Pärchen knutschten auf der Tanzfläche. Die anderen lungerten auf den Tischen und Bänken herum oder standen in Pulks vor der kleinen Bar, die der Schülerrat organisiert hatte. Da gab es nur Softdrinks und alkoholfreie Cocktails, den Rest gab es ja auf dem Jungenklo.

Die meisten aus meiner Klasse waren da, sogar die doofe Beate, die am Rand stand und den Tanzenden zusah. Sie hatte sich geschminkt und auch irgendwas mit ihren Haaren gemacht, die standen komisch vom Kopf ab, irgendwie ganz hoch, und der Lippenstift war etwas verschmiert. Einen Moment lang hatte ich tatsächlich so was wie Mitleid. Jetzt drehte sich Beate von der Tanzfläche weg und sah immer wieder nach rechts, ihre Hand spielte die ganze Zeit mit einer Haarsträhne. Ich folgte ihrem Blick.

Mick saß mit Marvin aus der Zwölften an der Wand; Marvin war groß, tätowiert und eigentlich ein echt netter Typ. Keine Ahnung, was der da mit Mick zu bequatschen hatte. Und witzig, Mick sah auch aus wie 'n ganz normaler Typ, wie der nette Junge von nebenan, brav mit Pulli und zurückgegelten Haaren. Seit Zinn nicht mehr an der Schule war, war Mick eigentlich nicht mehr großartig aufgefallen. Hatte vielleicht hier und da mal einen Spruch gemacht oder zwei Stunden abgeklemmt, aber sonst war der fast so was wie ein Musterschüler geworden.

Beate zippelte an ihrer Bluse rum, die hatte ganz schön große Brüste, war mir noch nie aufgefallen. Vielleicht weil ich sie trotzdem total unattraktiv fand. Und wieder ging ihr Blick nach rechts. Ach nee, war Beate nun auf Mick oder auf Marvin scharf? Und ob sie wohl wusste, dass keiner von beiden sie je mit der Kneifzange anfassen würde?

Und gerade als ich das dachte, sah ich den Zinn. Der stand in dem großen Türbogen, der den Flur mit den Garderobenjacken vom eigentlichen Saal trennte. Und sah echt elend aus. Der hatte tierisch abgenommen, von dem einstigen Bierbauch war nichts mehr zu sehen. Der Pullover hing an ihm wie ein nasser Sack. Der war – ohne Scheiß – in den letzten Monaten um Jahre gealtert. Und nun ging er direkt auf Mick zu. Das war fast unheimlich, aber ich war schon zu besoffen, um zu bemerken, dass da irgendetwas nicht stimmte. Zinn ging durch den Raum wie 'n Roboter, der merkte nicht, dass ihn jemand, wohl aus Reflex, grüßte. Der merkte nicht, dass ein Kollege ihn ansprach, der sah aus, als wäre er auf Droge. Den Blick hielt er ganz fest auf Mick gerichtet. Der bemerkte ihn erst, als Zinn den Raum schon fast durchquert hatte. Ich sah, wie Mick aufstand und auf Zinn zuging. Ich weiß noch, dass ich mich gefragt hatte, warum er das tat, und dann ging irgendwie alles ganz schnell, ein Mädchen rief: »Der hat 'ne Waffe«, einige schrien, viele rannten zum Ausgang. Und ich stand da und musste lachen, weil das so albern war, wie Zinn mit dieser Spielzeugpistole dastand und sie Mick in den Bauch drückte. Das war wie im Film. Zinn sagte irgendwas, während die Leute vor ihm zurückwichen und nur eines wollten: raus hier.

Und ich hatte meine Fanta von der Bar noch immer in der Hand, rührte mich nicht und die Nachwirkungen des Shits und des Biers lullten mich ein. Es war ein bisschen so, als würde man einen Film ohne Ton sehen, die Leute liefen an Zinn und Mick vorbei, ich kapierte gar nichts. Warum liefen die denn weg? Waren die total bescheuert? War doch nur der Zinn mit der Spielzeugpistole, das rief ich einem Jungen aus meiner Parallelklasse zu, der mir Zeichen gab, ich solle abhauen. Der lief einfach weiter, und als ich wieder zu Mick und Zinn sah, da tanzten die gerade miteinander. Beide hatten die Arme ausgestreckt, so als würden sie Tango tanzen, zwischen ihren Händen schimmerte das Metall der Pistole. Wie zu einem unsichtbaren Takt zuckten sie beide hin und her, drehten sich, tanzten. Ich war immer noch stoned und raffte in dem Moment gar nicht, dass die da um die Waffe rangen, beide im Kampf die Hand an der Pistole, Mick versuchte, Zinn die Waffe abzunehmen, viel zu spät begriff mein vernebelter Kopf, was da geschah. Mick und Zinn waren in einem wilden Kampf um die Pistole nahezu miteinander verschmolzen. Dann gab es einen lauten Knall.

Und auf einmal blieb die Zeit stehen. Ich konnte nichts mehr hören. Die Ohren taten mir weh. Ich bewegte mich wie in Trance dorthin, wo gerade Zinn und Mick so innig getanzt hatten. Wo eben noch zwei einander festgehalten hatten, stand jetzt nur noch einer. Ich ging näher und sah zu Boden. Er lag in seinem eigenen Blut, der grüne Pullover war braun. Zumindest an einer Stelle. Dort, wo die Patrone den Stoff durchschlagen hatte, war ein Loch im Pullover. Und überall Blut. Schade drum, den würde er nie wieder anziehen können. Ich sah ihm ins Gesicht. Der Ausdruck war fast so etwas wie Verwunderung. Nur der starre Blick wollte irgendwie nicht dazu passen. Ich hielt noch immer die Fanta in der Hand. Die Musik war längst verstummt, ich hörte nichts, aber in mir sang Jim Morrison: »This is the end, my only friend, the end.«

Nachwort

Ein Artikel in der *Hannoverschen Allgemeinen Zeitung*: »Gymnasiast verprügelt seinen Lehrer«, und sofort war sie da, die Frage: »Was war passiert, dass es so weit kommen konnte?« Und langsam reifte die Idee, dieser Frage nachzugehen, in meiner Fantasie und ohne Bezug zu der realen Situation in Hannover.

Natürlich ist der Lehrer in meiner Geschichte keine reale Person. Ebenso wie alle anderen Personen, die vorkommen.

Für einige ist die Schule ein Schlachtfeld. Manchmal stehen sich Schüler und Schüler, manchmal aber auch Schüler und Lehrer wie Feinde gegenüber. Und einige haben in der Schlacht Wunden davongetragen. Manche sind bis heute sichtbar, andere verblassen, die wenigsten verschwinden ganz …

Und manchmal bleiben Tote zurück. Und manchmal bleibt ihre Identität ungeklärt. Das ist nun mal so. Dies ist ein Schlachtfeld.

Inhalt